中/华/少/年/信/仰/教/育/读/本

青 春 之 歌

中华少年信仰教育读本编写委员会 / 编著

信仰创造英雄　信仰照亮人生

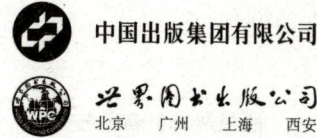

中国出版集团有限公司

世界图书出版公司
北京　广州　上海　西安

图书在版编目（CIP）数据

青春之歌 / 中华少年信仰教育读本编写委员会编著 . — 北京：世界图书出版公司，2016.5（2024.5 重印）
ISBN 978-7-5192-0859-2

Ⅰ. ①青… Ⅱ. ①中… Ⅲ. ①革命故事—作品集—中国—当代 Ⅳ. ① I247.8

中国版本图书馆 CIP 数据核字（2016）第 049426 号

书　名	青春之歌 QINGCHUN ZHI GE	
编　著	中华少年信仰教育读本编写委员会	
总策划	吴　迪	
责任编辑	尹天怡	
特约编辑	金敬梅	
出版发行	世界图书出版有限公司北京分公司	
地　址	北京市东城区朝内大街 137 号	
邮　编	100010	
电　话	010-64033507（总编室）　（售后）0431-80787855　13894825720	
网　址	http://www.wpcbj.com.cn	
邮　箱	wpcbjst@vip.163.com	
销　售	新华书店及各大平台	
印　刷	北京一鑫印务有限责任公司	
开　本	165 mm×230 mm　1/16	
印　张	11	
字　数	143 千字	
版　次	2016 年 8 月第 1 版	
印　次	2024 年 5 月第 5 次印刷	
国际书号	ISBN 978-7-5192-0859-2	
定　价	45.00 元	

版权所有　翻印必究

（如发现印装质量问题或侵权线索，请与所购图书销售部门联系或调换）

序　言

信仰是什么？

列夫·托尔斯泰说："信仰是人生的动力。"

诗人惠特曼说："没有信仰，则没有名副其实的品行和生命；没有信仰，则没有名副其实的国土。"

信仰主要是指人们对某种理论、学说、主义或宗教的极度尊崇和信服，并把它作为自己的精神寄托和行动的榜样或指南。信仰在心理上表现为对某种事物或目标的向往、仰慕和追求，在行为上表现为在这种精神力量的支配下去解释、改造自然界和人类社会。

信仰，是一个人在任何时候都不能丢的最宝贵的精神力量。人有信仰，才会有希望、有力量，才会树立正确的价值观，沿着正确的道路前行，而不至于在多元的价值观和纷繁复杂的世界中迷失方向。

信仰一旦形成，会对人类和社会产生长期的影响。青少年是社会的希望和未来的建设者，让他们从普适意识形成之初就接受良好的信仰教育，可以令信仰更具持久性和深刻性，可以使他们在未来立足于社会而不败，亦可以使我们的伟大祖国永远立于世界民族之林。

事实上，信仰教育绝不是抽象的、概念化的教育，现实生活中，我们有无数可以借鉴的素材，它们是具体的、形象的、有形的、活生生的，甚至是有血有肉的。我们中华民族有着几千年的辉煌历史，多少仁人志士只为追求真理、捍卫真理，赴汤蹈火，前仆后继；多少文人骚客只为争取心中的一方净土，只为渴求心灵的自由逍遥，甘于寂寞，成就美名；多少爱国志士只为一个"义"字，不惜抛头颅、洒热血。他们如滚滚长江中的朵朵浪花，翻滚激荡，生生不息，荡人心魄。如果我们能继承和发扬这些精神和信仰，用"道"约束自己的行为，用"德"指导人生的方向，那么我们的文明必将更加灿烂，我们的国运必将更加昌盛。

  正基于此，"中华少年信仰教育读本系列丛书"应运而生。除上述内容外，本丛书还收录了中国人民百年来反对外来侵略和压迫，反抗腐朽统治，争取民族独立和解放，前赴后继，浴血奋斗的精神和业绩，尤其是中国共产党领导全国人民为建立新中国而英勇奋斗的崇高精神和光辉业绩；不仅有中国历史上涌现出的著名爱国者、民族英雄、革命先烈和杰出人物，还有新中国成立以后涌现出的许许多多的英雄模范人物。

  阅读这套丛书，能帮助青少年树立自己人生的良好的偶像观，能帮助青少年从小立下伟大的志向，能帮助青少年培养最基本的向善心，能帮助青少年自觉调节自己的行为，能帮助青少年锁定努力的方向，能帮助青少年增加行动的信心和勇气。

  习近平总书记说："人民有信仰，民族才有希望，国家才有力量。"因此我们有理由相信：少年有信仰，国家必有希望。

中华少年信仰教育读本编写委员会

目录

青春之歌 / 001

影片档案 / 001

荣誉成就 / 002

影片史料 / 002

剧情故事 / 003

影评选粹 / 018

精彩回放 / 020

聂　耳 / 021

影片档案 / 021

荣誉成就 / 022

影片史料 / 022

剧情故事 / 023

影评选粹 / 035

精彩回放 / 036

红旗谱 / 037

影片档案 / 037

荣誉成就 / 038

影片史料 / 038

剧情故事 / 038

影评选粹 / 051

精彩回放 / 052

革命家庭 / 053

影片档案 / 053

荣誉成就 / 054

影片史料 / 054

剧情故事 / 054

影评选粹 / 066

精彩回放 / 067

白毛女 / 068

影片档案 / 068

荣誉成就 / 069

影片史料 / 069

剧情故事 / 070

影评选粹 / 084
精彩回放 / 084

从奴隶到将军 / 086
影片档案 / 086
荣誉成就 / 087
影片史料 / 087
剧情故事 / 087
影评选粹 / 100
精彩回放 / 100

暴风骤雨 / 102
影片档案 / 102
荣誉成就 / 103
影片史料 / 103
剧情故事 / 103
影评选粹 / 114
精彩回放 / 115

农　奴 / 116
影片档案 / 116

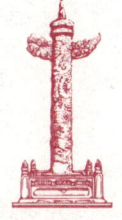

荣誉成就 / 117

影片史料 / 117

剧情故事 / 117

影评选粹 / 131

精彩回放 / 132

大浪淘沙 / 134

影片档案 / 134

荣誉成就 / 135

影片史料 / 135

剧情故事 / 135

影评选粹 / 148

精彩回放 / 149

大刀记 / 150

影片档案 / 150

影片史料 / 151

剧情故事 / 151

影评选粹 / 166

精彩回放 / 167

青春之歌

别人为了挽救民族的危亡，都在顽强斗争。我也要和大家一起参加斗争。

——林道静向卢嘉川请求参加革命

影片档案

出品：北京电影制片厂

编剧：杨　沫

导演：崔　嵬　陈怀皑

主演：谢　芳　康　泰　于　洋

荣誉成就

《青春之歌》的电影剧本由小说作者杨沫亲自改编，北京电影制片厂著名导演崔嵬、陈怀皑执导，是 17 年（1949—1966 年）革命经典电影的代表作之一。

该影片集中了当时影坛的最佳阵容，调集参与拍摄的群众演员达数万。作为新中国成立十周年的"献礼片"，电影的制作过程是在文化部的直接领导、新闻媒介倡导的全国性关注中完成的。

《青春之歌》一上映便引起轰动，不仅国内出现各地影院爆满的盛况，而且在国外也颇受欢迎。在由《北京日报》等单位组织的影片评选活动中，《青春之歌》被评为观众最喜爱的影片之一。

影片史料

三一八惨案

1926 年 3 月，冯玉祥的国民军和张作霖的奉军交战。12 日，日本派遣军舰掩护奉军军舰进逼天津大沽口，炮击国民军阵地，被国民军击退。16 日，日本联合英、美等八国援引《辛丑条约》，向段祺瑞执政府发出要求撤除大沽炮台防务的最后通牒。"大沽口事件"发生后，18 日，北京万余群众在李大钊等人的带领下在天安门集会，要求"驳牒""逐使"。会后，群众进行游行请愿，在执政府门前遭到段祺瑞卫队的屠杀，死 47 人，伤 199 人。

九一八事变

1931 年 9 月 18 日夜，日本关东军自行炸毁沈阳北郊柳条湖附近的一段铁轨，反诬中国军队所为，并以此为借口进攻东北军驻地北大营和炮轰沈阳城。到 1932 年 2 月，整个东北沦陷于日军之手。

事变是日本帝国主义精心策划和长期准备，为实现其独占东北进而灭亡中国的图谋所采取的一个决定性步骤。

一二·九运动

1931年日本帝国主义侵占中国东北后，又逐渐将侵略范围扩展到华北。在严重的民族危机面前，中国共产党发表了《八一宣言》，号召全国人民团结起来抗日救国。1935年12月9日，北平（今北京）市大中学生联合会组织大规模抗日爱国运动，爱国学生举行游行示威，强烈谴责国民党政府自九一八事变以来的妥协退让政策，要求"停止内战，一致抗日"。在北平学生的影响下，全国人民纷纷行动起来，要求国民政府停止内战，出兵抗日。广大青年学生也深入工人农民中进行抗日救亡宣传，走上与工农群众相结合的道路。这次运动促进了中华民族的觉醒，标志着中国人民抗日救亡民主运动新高潮的到来。

剧情故事

一

1931年的一个夜晚，在中国北方海边的杨庄，一个年轻的女学生急匆匆地朝茫茫的大海走去。

这个女生名叫林道静。她从小受着封建家庭的压迫，这次为了反对逼婚，逃到杨庄来。可是，来到这里的她没有找到亲戚，反而遭到地主的威胁。她被逼得走投无路，于是萌生了投海的念头。

就在林道静马上要被大海吞噬的一刹那，旁边跳出一个青年，一把抱住了她。

北戴河杨庄关帝庙的一间简单的小屋里，余永泽把林道静安置在一张小床上。他端着一杯水不安地望着林道静苍白的、紧闭双目的脸。

余永泽是北京大学的学生，这几天正在家里度假。前几天，他发现林道静的神色不好，特别注意她，所以暗暗跟到海边，救起了林道静。

知道了林道静的身世和遭遇后，余永泽十分同情她。林道静也很感激余永泽。从此，他们经常一起学习，一起谈理想。慢慢地，两人产生了爱情。

假期结束了，余永泽要回北京大学上课。林道静接受了他的建议，暂时留在杨庄小学当教员。

秋天悄悄地来了。一天，林道静正在关帝庙里讲课，忽然日本飞机呼啸而过，到处闹哄哄的。

院子里一位老教员慌张地走到道静跟前大喊："大事不好！咱们的东三省叫日本人强占啦！唉，眼看就要做亡国奴了！"说着，他递给道静一张报纸，"您看看吧。"

道静慌忙接过报纸一看，"九一八事变"几个大字赫然入目。

这时，一群被迫撤退下来的东北军涌进学校。士兵们乱哄哄地吵闹着非在这里住下不可。一个青年教员看到这种情况，不满地说："不打日本人，跑到这儿来逞威风！"

士兵们一听大怒，扯住他，七嘴八舌地嚷嚷起来："谁说不打日本人！我们有啥法子？"

这时，忽然闪出一个青年来，朝着士兵们大声说道："不让打日本人，那是国民政府命令张学良不准抵抗的。他们主张攘外必先安内，宁愿叫咱们当亡国奴。你们想想，咱们中国人能甘心等着当亡国奴吗？"

这一说，这些士兵立刻住了手，纷纷附和着说："对啊！谁不爱自己的家乡？谁愿意当亡国奴啊？打日本侵略军去！"喊着就走了。

那青年这一番充满爱国热情的话，一针见血地戳穿了蒋介石的卖国政策。听了这些话，林道静非常钦佩。她吃惊地望着这青年，"他是谁？说的话多有力啊！"

原来，他是老教员的亲戚，名叫卢嘉川，正要赶回北平去。林道静问他："拿枪的不打敌人，我们手无寸铁的人该怎么办呢？"

卢嘉川回答道："宣传爱国，唤醒人心，老百姓起来了，国民政府就不敢不抵抗。"

林道静听了卢嘉川的话之后，得到了启发。从此，她就给学生讲九一八事变的真相，对学生进行爱国教育。

校长余敬唐对此感到不满，从中阻挠。林道静不肯向余敬唐屈服，就离开了杨庄，准备到北平去。

一列火车在北平车站外面停住了，林道静感到很惊讶："出了什么事？为什么火车不进站呀？"

原来是北平的大学生为了反对国民党政府的不抵抗政策，组织了南下示威团，准备到南京去请愿。这次示威的总指挥，是共产党员李孟瑜和卢嘉川。李孟瑜向同学们呼吁道："我们一定要到南京去示威请愿，他们不让我们上车，我们卧轨。"

车站上示威的旗帜如林，喊声如雷。学生们激昂地喊着口号："收复东北失地！""打倒日本帝国主义！""坚持到南京去示威！"……

林道静看到这样热血的场面,非常激动。她感觉到自己的内心被注入了一股新的力量。

林道静想做一个独立自主的人,因此开始拒绝了余永泽的求婚。但当她找了许久,也没找到一个工作时,还是颓丧地来找余永泽商量,看还能想些什么办法。

余永泽要求林道静在结婚后为他牺牲一切,服服帖帖地待在家里伺候他。林道静答应了。

很快,春节到了。除夕的鞭炮声断断续续地响在寂静的深巷中。

除夕夜晚,余永泽到胡适家里商议事情。林道静只好一个人在家等余永泽回来。

这时,屋门一响,一个年轻漂亮的女学生——白丽萍跑了进来。她一把抢过道静手里的箫,笑道:"小林,老余不在呀?到我屋里去玩吧。"

和道静同院住的白丽萍的房间里,满满地坐着十来个流亡的东北学生。这些青年学生,故乡沦陷在日本帝国主义的铁蹄下,无家可归。他们就这样一面喝着年夜酒,一面唱着"流亡曲",倾吐着心中的悲愤……

正当大家苦闷悲愤的时候,卢嘉川也来到屋中。大家看到他后,立马活跃起来,要求他讲一讲最近的形势。

卢嘉川说:"自从一·二八淞沪抗战以后,政府口头上说一边抵抗,一边交涉,实际上还是不抵抗,听说最近山海关失守了……"

卢嘉川越说越激昂。他告诉大家:"毛泽东和朱德领导的红军,已经粉碎了蒋介石的'围剿',取得了很大的胜利。所以,我们的出路就在于反抗,在于斗争!"

林道静在一旁听了这些话,觉得十分新鲜,一种强烈的情感在心中激荡。

卢嘉川带来了大家所渴望的消息,给大家指出了希望之路。大家无不欢欣鼓舞。

卢嘉川发现林道静也在这里,想起在杨庄曾经见过面,就问起她的情况,还热情地对她讲了苏联的情形和革命必胜的道理。林道静听了这些话真是高兴极了,好像她眼前的世界又宽阔了许多。

谈话过后,卢嘉川给林道静推荐了一些革命书籍。林道静从这些书本中,慢慢地读出了真理,看到了希望。她日日夜夜不知疲倦地读着,精神上获得了前所未有的愉悦和满足。

二

日子一天天过去,林道静接触的真理越来越多。她一面专心读书,一面和余永泽辩论,有时也向他提出问题。

这时的余永泽,已经是满脑的资产阶级反动思想。对于林道静的提问,他讽刺地说:"马克思先生的大弟子,你还用得着请教别人吗?"

林道静马上回击说:"马克思的弟子总比胡适之的弟子强。"

余永泽说不过她,就说:"我们是讲究实用,少谈点主义,多研究研究问题。你们整天只知道高谈阔论,又怎么样?"

林道静依旧整日潜心读书,已经到了废寝忘食的地步。这日她又只顾看书,也没发现炉子上的饭溢出来了。幸好卢嘉川来找她,拿开锅盖说:"饭溢出来了!"他这一说,才把林道静提醒了。

走进屋里,卢嘉川笑道:"小林,我看你怎么变得年轻起来啦?书都读完了吗?"

林道静有些不好意思:"不是年轻起来,是从大梦里醒来。读了这些书,我真像从迷梦中醒过来一样,知道了我从来不知道的东西……"

卢嘉川告诉她:"明天是三一八纪念日,我们在北京大学举行纪念会，你愿意去参加吗？"

林道静当然愿意参加，但她想到了丈夫余永泽。虽然余永泽的许多观点与她相悖，但她还想再试着与他沟通一次。于是，等余永泽回到家中，林道静向余永泽提出邀请："永泽，明天跟我去参加三一八纪念会吧？"

谁知余永泽断然拒绝道："三一八算个什么纪念日啊？再说，你们喊喊口号有什么用？我不参加，你也不准去参加！"

林道静火了："你不许我参加？我偏要参加！"

第二天清晨，林道静来到了北京大学。她走到广场，看见学生们三三两两地"散步""锻炼"。突然，前面不远处的人群爆发出高昂的口号声："纪念三一八，反对卖国求荣的国民党！打倒日本帝国主义！"

随着口号声响起，广场上的青年不约而同地从衣襟里面掏出小旗子高举起来。人群迅速地集合在一起，列成了一行行的队伍，口号声回荡在广场的上空。

道静东瞧西看，看不到一个熟人，只好站在队伍的外面。"你是第一次参加吧？"旁边一个二十多岁长得很漂亮的女学生问道静。这位女生是东城区地下党的负责人郑瑾，她问明情况后亲切地对道静说："我也认识卢嘉川。来，跟我一起走吧！我叫郑瑾。"

道静紧跟在郑瑾的后面。她看郑瑾振臂高呼，她也高呼："纪念三一八，青年学生自动组织起来！打倒日本帝国主义！"

激昂的口号声静下来之后，纪念会开始了。戴愉第一个讲话，他说："同学们，中国的革命高潮已经来到啦！国民党反动统治不久就要崩溃了……"

"砰，砰"两声枪响划过了广场的上空，刺耳的警笛声传到会场。警察像饿狼般嘶叫着："解散！解散！"

人群立刻骚乱起来。卢嘉川矫健地跳上空着的方桌，继续激昂地高喊道:"同学们不要乱!敌人并不可怕!可怕的是我们自己的胆怯和退缩!"

他那镇定有力的声音,使人群安静下来。道静见卢嘉川站在方桌上那种毫无所惧的姿态,她的眼睛眨也不眨地望着他,眼中流露着无限的尊敬与爱慕。

卢嘉川站在方桌上高声讲着:"同学们,青年们,看看这血腥的现实吧……"几颗子弹从他的头顶上呼啸而过,他毫不在意,依然高声讲下去:"我们能够再忍耐下去吗?我们能够不奋起抵抗日本帝国主义吗?我们能够不反对国民党的卖国求荣吗?"

李孟瑜跳上桌子振臂高呼:"同学们,不要乱!8个人一排组织起来向外,冲出去游行呀!"

同学们立刻振作起来。8个人一排迅速地手拉手、臂扣臂结成了强大的队伍。警察们驱赶、吆喝,都无济于事。队伍开始大踏步向红楼方向走了过去。

林道静紧挨着郑瑾,也排在队伍当中。她兴奋,又有些慌张。子弹在他们的头上呼啸,人声、喊声、脚步声乱成了一片……

当夜,宪兵三团连夜派出警察和特务在北平市到处逮捕爱国学生。反动派的残酷镇压又开始了。

已经是暮春天气,傍晚,林道静一个人躺在床上看着书。自从参加了三一八纪念会,亲眼看到了这场战斗,她的心里又明亮了许多。

没隔几天,卢嘉川忽然来到。道静惊喜得急忙向卢嘉川提出:"别人为了挽救民族的危亡,都在顽强斗争。我也要和大家一起参加斗争。"

卢嘉川把这几天外边的情况以及戴愉等人被捕的事告诉了林道静,并说:"外边情况很复杂,白色恐怖越来越严重,斗争更激烈了。你想过没有?"

林道静坚定地说:"我想过了,我什么也不怕!"

卢嘉川看到林道静变得如此坚强,考虑了一下,然后下了决心似的说:"现在托你做三件事:一是有点东西放在你这里;二是请你帮我送个信;三是——我在你这儿待几个钟头可以吧?因为我刚刚甩掉一条尾巴才跑到你这里。"

林道静满口答应了。

卢嘉川从怀里掏出一包秘密宣传品,郑重地对道静说:"你把它藏好,不要让老余看到。三天之内,我一定来取。如果三天以后我回不来,那就把它烧掉!"

林道静想到能为革命斗争尽一点力了,十分高兴,但是,她又立刻替卢嘉川担心起来。

卢嘉川看出了林道静的心思,乐观地笑着说:"干革命随时都要有这样的准备。只要我们对革命事业不失去信心,坚持斗争下去,就会达到目的。革命的烈火是扑不灭的,共产主义像初升的太阳,一定会普照全世界!"

道静小心地藏好秘密文件之后,卢嘉川告诉她找人的暗号,并叮嘱她:"不要慌里慌张,路上要看看身后有人跟着没有。如果有人,就先别回到你这里。"

林道静点点头,忍不住又扑到卢嘉川的身上:"卢兄,你一定等我回来再走呀!"

卢嘉川看着林道静那张热情、诚挚的脸,点了点头。

林道静刚走,余永泽就回来了。他一看到卢嘉川,就憋不住心头自私的怒火,粗声粗气地问:"你来干什么?我警告你,请你不要再用那些马克思的大道理来迷惑道静了。"

卢嘉川嘴上含着一丝讥讽的微笑:"老余,清醒一点!不要忘掉你还是一个中国人,是一个青年,你不害臊吗?"说罢,转身就走了。

林道静胜利地完成了第一次任务,高高兴兴地赶回家,发现卢嘉川已经不在了。她急忙问余永泽,说:"永泽,卢嘉川呢?"

余永泽瞪着小眼睛冷冷地说:"我又没有负责看着你的贵友。"

林道静可真急了,她愤怒地盯着余永泽:"准是你把他赶出去啦。如果他今夜真被捕了,我就认为是你出卖了他!"

永泽含着讥讽的冷笑:"还用得着我出卖吗?像他这样的人有几个不坐牢的!"

果然,卢嘉川从余永泽家里出来后就被宪兵三团的特务抓走了。敌人对他使用了各种酷刑,把他关进了监狱。

反动派虽然监禁了卢嘉川,打得他遍体鳞伤,却关不住、打不垮他的革命意志。在狱中,卢嘉川坚持着和难友取得联系,领导绝食,鼓舞和领导大家顽强地斗争下去。

在同一个监狱里,戴愉这个软骨头经受不住敌人的拷打逼问,成了叛徒。国民党党部反动派胡梦安称赞他说:"好,你比卢嘉川聪明!"

发现从卢嘉川这里什么也得不到,残酷的敌人决定枪毙他。他脚上拖着沉重的镣锁,脸上含着自信的微笑,一步步向前走去。突然间,脚镣声变成了雄壮的口号声:"中国共产党万岁!"

林道静一个人独自站在窗前,凝视着划过闪电的天空,痛苦地沉思:"一个多月了,他一定不会来了。"她看着手中卢嘉川留下的提包,"不,我决不烧掉!我要……"

高唱《国际歌》的声音在山中响起来了,多么使人向往、振奋而低沉的歌声啊!随着一声枪响,歌声戛然而止。卢嘉川,这个给林道静领路的优秀共产党员,为革命事业献出了宝贵的生命。

三

每到深夜,道静就会化装成一个俏丽的女人,惊慌而又顽强地在黑漆漆的小胡同里一张张地贴着、挨门送着传单。"中国共产党万岁！""全世界无产者联合起来！""庆祝红军粉碎国民党四次'围剿'的伟大胜利！"一张张传单耀眼地被贴在柱子上、墙壁上、门扇上。

余永泽禁不住问道静："你，你是怎么回事？白天出去，晚上也一夜夜地在外面……你，你……"

林道静坐在床上看着余永泽，半天不动也不说话。看得出来，她决心已定，脸上是庄严和宁静。

她终于站起来，再不同于过去那种激动吵闹的情况，冷静地说："永泽，咱们还都年轻。你看，咱们分开了是不是更好一些呢？"

余永泽一下子愣住了。不过，没过多久，他就明白事情已经没法挽回了，于是粗声粗气地说了句："好吧，那就各奔前程吧！"

道静一心想要跟党走，可自从上次跟卢嘉川失去联系以后，关

系就断了。她来到上次送信的地方，开门的已经不再是刘大姐。

林道静沮丧地走在回去的路上，这时，叛徒戴愉已经悄悄地跟上了她。

戴愉一见林道静走过，就喊了声："林小姐！"

林道静只知道戴愉是卢嘉川的"同志"，忽然遇见他，意外高兴，以为这下就找到了组织。戴愉也装出很关心她的样子，想从林道静这里探出地下党的消息。

这时，在政治上还十分幼稚的林道静，完全没有防备地把贴标语、寄传单的事告诉了戴愉。戴愉向宪兵报告了林道静的情况后，胡梦安就安排特务们把林道静盯上了。

时间一天天地过去，特务们没有发现有人来找过林道静，于是决定提前抓捕林道静。

林道静被特务送到了宪兵三团。宪兵三团对她进行了严厉的审讯，结果还是一无所获。胡梦安诡计多端，告诉秘书说："你通知宪兵三团，明天一早把林道静放回去！"

第二天清早，林道静被释放了。受尽折磨的林道静踉踉跄跄地回家。一路上，她心里想着：怎么一会儿抓去，一会儿又放出来了？

回到家中，林道静发现两年前想要娶自己的胡梦安坐在她的屋子里。见她进来，胡梦安掏出一把钞票，奸笑着说："知道你受惊了，是我把你保出来的，特来慰问。"

林道静对胡梦安这种无耻的伎俩感到十分厌恶和气愤。看到林道静想要跑，胡梦安大声咆哮着："我要警告你，限你三天，如不悔过，就别怪我无情了！"

王晓燕知道了道静的事情后，决定要救她出去，便找爸爸商量。王教授也同情林道静的处境，便答应救她。

黄昏，守在门外的两个挑担子的便衣特务，紧紧地盯着每一个走出大门的女人。离七点只差十分钟了，从公寓的大门口一窝蜂地拥出了十来个男女青年学生。特务们贪婪地望着美丽的李槐英，却没有注意她身后的那个俊秀的穿着西装的"男子"——林道静，已经夹杂在人群中，从容地走了。

沙滩转角处，停着一辆马车。化装成男子的林道静刚走到马车跟前，车门立刻打开了。坐在车里的王教授一把将她拉了进去，马车飞快地跑远了。林道静赶上8点的火车，到定县去了。

到定县以后，林道静在小学当教员。为了让孩子们尽早懂得民族大义，她常到野外偷偷教他们唱抗日救亡的歌曲。

一天，一个叫江华的客人来找林道静。她一看，原来是李孟瑜。现在李孟瑜已经改名为江华，在农村发动农民麦收斗争。林道静对他谈了自己在农村的工作，并且要求他多帮助。

江华鼓励林道静说："在农村教书，平日要和农民接触。接近农民比我一个人帮你要强很多。"

林道静听了江华的话，就常常到农民家中去访问，关心农民的生活。

经过几天深入农民群众，林道静看到了农民们的悲惨生活，体会到江华叫她接近农民的意义。她为革命工作贡献自己力量的要求更加迫切了。

这时，在王家村破庙里，江华正在同一些农民骨干商量麦收斗争的事。他说："咱们庄稼人一颗汗珠摔八瓣，好不容易打下的粮食，伍仁贵那老家伙肩不动膀不摇，手一伸就把粮食拿过去啦。可是他还'倒打一耙'，说咱们农民吃的是他的！种棉的没衣穿，种地的没饭吃……"

大家议论纷纷。江华对大伙说："林老师说，地主已经闻到味了，咱们要赶快下手！地主老财依靠国民党欺负咱们老百姓，咱们穷人只要抱在一起跟他们干，就能打出一条活路！"

农民们纷纷说："对，老江说得对，跟他们干！"

第二天黄昏,夜色茫茫。农民们背着筐,拿着镰刀,从四面八方涌入麦地,趁地主还没来得及防备,一场反剥削的麦收斗争开始了。

江华,这个领导学生抗日救亡运动的共产党员,现在又穿上了农民的衣服,和农民一起投入到这场战斗。他指挥着收割,同时也注意着四面的情况,时而提醒大家:"大家要快割快收!"

正在这个时候,忽然传来一阵阵的狗叫声,只见一长溜灯笼火把的亮光由远而近,狗地主伍仁贵领着他的狗腿子们来了。

不过伍仁贵慢了一步,农民们已经胜利地撤走了。伍仁贵跑到麦地里一看,只剩光秃秃的麦秆了。他捶胸顿足,急得叫喊起来:"哎呀,我的麦子啊……麦子啊……"

伍雨田到城里告了状,保安队下来四处开枪抓人。江华从王家庄跑了出来,不幸负伤。他来到林道静这里,叫她和赵毓青立即离开。林道静恳切地说:"那你带我走吧,好不容易跟你联系上,和农民刚有了些接触,让我们一起斗争吧!"

江华要求林道静回北平去向郑瑾汇报,林道静同意了。江华还鼓励她说:"小林,坚持下去,不久以后,你的理想会实现。到北平后,郑瑾会帮助你的。"

林道静在定县农民斗争中,得到了一次好的锻炼,坚定和沉着了很多。她到北平后,立刻去找郑瑾。

可是,她来到联络地点后,才知道郑瑾已经被捕。跟党的联系又断了,她感到十分失望。

她只好去找王晓燕。她们两个在颐和园里一边玩着,一边谈着自己的想法。晓燕说:"小林,听了你的话,我也觉得你的主张是对的,中国除了革命,没有别的出路。"

傍晚,她俩正走在回家的路上,忽然从暗处窜出几个特务,不问情由地把林道静扣上了手铐。原来,是胡梦安听到林道静回北平的消息后,派特务在这里等候她。林道静就这样再次被捕。

四

林道静又被抓到宪兵三团,这次更是受尽了酷刑拷打。特务们打了一遍,又审问一遍。可是她坚韧不屈,不向反动派低头。恼羞成怒的敌人把林道静打昏之后,扔进了一间阴暗的囚房。

郑瑾恰巧也被关在这里。她看到又有一个难友受了敌人的迫害,连忙过去查看难友伤情,没想到这位难友竟是林道静。

林道静慢慢醒过来,发现郑瑾正坐在自己身边。看到郑瑾,她感觉悲喜交加。顾不得遍身的伤,道静扑到郑瑾怀里,激动地说:"郑姐,我这次回北平就是来找你的呀!"

接下来,林道静在监狱里开始了新的斗争。她把江华的情况和自己被捕的经过告诉郑瑾之后,说道:"我还不是党员,可是希望为人类最高尚的事业献出我的生命,我看这个日子已经到了,我什么也不想,就准备——死。"

郑瑾不断地帮助林道静和小难友俞淑秀,她利用从铁窗外射入的一道亮光,偷偷地给她们讲着马列主义,讲着阶级斗争,讲着中国非走革命道路不可的真理……

随着日本帝国主义的侵略行动越加疯狂,监狱外面的形势也越来越严重,国民党也开始实施向南撤退的计划。

这时,地下党为了加强学生工作,又派江华来到北平。江华找到了侯瑞,告诉他抓住这个机会想办法营救同志出狱。

这时,监狱里也出现了紧张的气氛,反动派对共产党员和爱国志士的大屠杀开始了。

郑瑾预感到自己为党和人民献出生命的时刻已经来临,她安静地对林道静说:"小林,我相信,你以后一定会找到党的!请你告诉党,戴愉这个人有问题。"

反动派就要杀害郑瑾了，郑瑾镇定而从容地走上台阶，又转过身来，含着笑同难友们挥手告别。

郑瑾经过一道道铁门，英勇无畏地朝着反动派屠杀人民的刑场走去。整个监狱里充满了暴风雨般的呼声："打倒反动派国民党！""中国共产党万岁！"这股激昂的声浪好像是在向敌人宣告：革命的火焰扑不灭，共产党员是杀不尽的！

宪兵三团很快就撤走了，胡梦安也溜走了。江华请王教授出面将林道静从监狱中保了出来。

林道静深深地感激党对她的爱护和关怀，也感谢王教授和晓燕的正义援助。

当时华北形势相当严峻，但是在中国共产党的领导下，救亡的力量已经形成了燎原的大火。王教授这个钻书堆的人也被感染了，觉醒了。他激动地对林道静说："国民政府真是越来越不像话了，革命的大火，把我的眼睛也照亮了，我看清了反动派的阴谋。晓燕还是我的时事教员呢！"

林道静和江华在北海见了面。林道静把郑瑾要她转告给党的话告诉了江华。江华觉得林道静的确比过去有了很大的进步，非常高兴。他还告诉道静，郑瑾的判断很正确，组织上已经调查清楚，戴愉确实是个叛徒。

江华把当前的形势告诉了林道静，接着，庄重地对她说："小林，你回去写个自传吧！"

林道静有些奇怪，问道："写自传干什么？"

江华说："根据你在监狱的表现，组织上已经决定吸收你入党了。"

林道静激动得不知道该说些什么好。她一生中最幸福的一天到来了。地下党组织看了她的自传，审查了她的历史情况，正式批准她入党。江华和刘大姐代表党给林道静举行了入党仪式。

林道静向着正在领导觉醒了的中国人民英勇战斗的伟大的党，庄严宣誓："我宣誓：把整个生命交给党，终生为世界上最伟大、最崇高的共产主义事业奋斗……"

　　在鲜红的党旗下，林道静紧紧跟随党，奋勇前进。共产党的优秀儿女卢嘉川、郑瑾、江华的教导，战胜了反动派资产阶级和余永泽、胡梦安这些邪恶的势力，终于使她走上了正确的道路。她将会一如既往地跟随党，去迎接更大的战斗，去取得更大的胜利。

　　1935年，北上的红军已经到达陕北。中共中央发出了"团结全民抗日、挽救民族危亡"的战斗口号。

　　12月9日，北平的地下党领导各大学学生和爱国人士举行了声势浩大的示威游行。卖国求荣的国民党反动派为了镇压这次爱国运动，派出了大批的武装警察。

　　游行示威队伍在江华、林道静等人的领导下，并没有后退，他们迎着敌人的刺刀，与军警展开英勇的搏斗。江华和林道静在战斗最激烈的地方，奋不顾身地振臂高呼着指挥斗争，组织队伍继续前进！

　　中国青年在中国共产党的领导下形成了势不可当的革命洪流。林道静，就站在这股洪流的前列，闪耀着青春的光辉，昂首前进！

影评选粹

成长历程·革命激情

　　这既是一部讲述林道静人物成长历程的传记片，又是一部全面反映爱国革命运动的历史片。作为新中国影坛上绝无仅有的一部正面表现知识分子的影片，本片讲述了林道静从一个受封建家庭逼迫而走投无路的青年学生，在中国共产党的教育引导下，逐步在革命斗争的锻炼中成长为一名坚强的无产阶级革命者的故事。

影片从生活的实际出发，描写了林道静向无产阶级革命战士攀登过程中的三个阶段：一是苦闷彷徨阶段（出走），二是追求探索阶段（觉醒），三是锻炼成长阶段（成长）。在这三个阶段中，林道静经历了三次决裂：第一次是为求得个人解放，与封建家庭决裂；第二次是为争取民族解放，与小家庭决裂；第三次是为整个无产阶级的解放，与旧我决裂。林道静形象的典型意义，在于说明知识分子只有把个人命运同国家、民族命运结合在一起，才有真正的前途。激越青春、民族危难、革命风暴、坎坷爱情交织在一起，造就了林道静坚强、隐忍的品质。

影片处处展现爱国青年的革命激情。电影通过林道静的成长历程、爱国学生风起云涌的救亡运动，表现了在中华民族处于生死存亡的紧急时刻，青年知识分子寻找革命道路的曲折历程。影片处处展现爱国思想与革命激情的结合，表达出青年知识分子只有把自己

的命运和整个民族的命运联系在一起,才能够最终找到真正的出路。

影片情节的设置和安排都服从于单纯鲜亮的主题,绝无枝蔓;人物性格的塑造都遵循"典型环境中的典型人物"原则,既源于现实,又高于现实。

精彩回放

影片拍摄过程中,演员全身心地投入工作。导演为了突出林道静的形象、表现林道静的成长过程,也不遗余力地精心处理每个场面,营造出切合场景的氛围,以烘托主人公性格的转变与发展。这使得这部影片中有很多场面值得回味与深思。

林道静被白丽萍拉到家中参加学生除夕聚餐。一间小屋中,青年学生三三两两围在炕沿上、桌椅边,一支流泪的红蜡烛发出惨淡的光芒,不知谁唱出了一句"我的家在东北松花江上……",大家随即跟着唱起来。唱着唱着,有人开始悲愤控诉,有人泣不成声……林道静先是好奇,随即茫然,继而忧伤,又为卢嘉川的慷慨陈词而激动万分……这个表现国破家亡、热血青年报国无门的场景,演员们动作自然,情由境生,场面悲壮,气氛沉郁,令听者感慨万千,观者动情动容。

聂耳

> 看,一切都在变,我要做一个革命音乐家,要叫喊出中国人民大众的声音!
> ——聂耳在日记中写道

影片档案

出品:海燕电影制片厂
编剧:于 伶 孟 波 郑君里
导演:郑君里
主演:赵 丹 王 蓓 邓 楠

荣誉成就

这是新中国第一部音乐传记片。它把人物融合在时代当中,将人物走过的革命道路和艺术道路有机结合起来,显现了主人公成长的轨迹。本片于1960年获第十二届卡罗维发利国际电影节传记片奖。

聂耳的饰演者赵丹以精湛的演技,将这位人民音乐家的思想、情操、艺术才华予以充分的表现,使聂耳这个不朽的形象受到国内外观众的喜爱。

影片史料

聂 耳

聂耳(1912—1935年),中国作曲家,原名守信,字子义(亦作紫艺),云南玉溪人。聂耳出身贫寒,自幼喜好音乐,能演奏多种民族乐器。中学时代积极参加进步学生运动,加入了中国共产主义青年团。1930年到上海,1931年在明月歌剧社任小提琴师,1933年加入中国共产党。之后,他献身左翼音乐、戏剧、电影事业,写出许多传世之作。1935年拟赴苏联,取道日本,7月17日在日本藤泽市海滨游泳时,不幸溺水身亡。

聂耳的代表作品有《义勇军进行曲》《大路歌》《码头工人》《新女性》《毕业歌》《飞花歌》《卖报歌》《梅娘曲》等。这些作品表现了中国人民的深重苦难和英勇反抗精神,以及九一八事变后中国人民抗日救国的坚强意志。

剧情故事

一

1930年7月的一天，一艘往来于上海与越南之间的法国商轮开进黄浦江，停泊在外滩铜人码头。这时的上海在国民党反动派的统治和帝国主义侵略势力的控制下，成了官僚、资本家们享乐作恶的人间地狱，同时也是中国共产党的革命前沿阵地。

轮船靠了岸，一位青年走下船。只见他右手提一个破旧的粗布口袋，袋口露出一支新的玉屏箫和一根笛子，袋口边用布带系着一把月琴，左手提着几包沉重的药材之类的货物。他就是故事的主人公——聂耳。

聂耳带这么多乐器是因为他一直爱好音乐，曾跟一位民间艺人学得一手好月琴。一有空闲，他就会弹起心爱的月琴。

由于参加学生爱国运动，受到反动派政治迫害，聂耳不得已才离开家乡云南，来到上海，并在一家商号做小伙计，帮忙拉车运货，以维持生计。

在一次群众示威中，他认识了共产党地下组织负责人苏平，并救了苏平一次。苏平送予他一份《告同胞书》的传单。聂耳再次受到革命的熏陶，心中的爱国思想又澎湃起来。

转眼就到了冬天。街头飘着雪花，冷冷清清。商店到处挂着"大廉价""不顾血本""关店大拍卖"等广告。尽管广告词响亮，但门庭依旧冷落，商业萧条，一片惨象。聂耳所在的商号也在这片萧条中倒闭了，他也失了业。

为生计所迫，聂耳急需找到一份工作。在尝试电影戏剧演员和打字员的工作失败后，他在大街上漫无目的地溜达着。突然，他看到"五花歌舞班"招考练习生的牌子,班主赵梅农主考,乐师李天音监考。聂耳兴奋地前往投考。在演奏了一曲小提琴曲后,他又拿起二胡奏起《金蛇狂舞》。赵梅农和李天音对他的演奏水平很赞许,连连点头。班主走到聂耳跟前,握着他的手说:"恭喜你,你被录取了!"从此,聂耳成为"五花歌舞班"的一名小提琴练习生。

"五花歌舞班"里,海报已经贴出去,歌舞《桃花江》正在上演。

乐池里,李天音操第一小提琴,聂耳操第二小提琴,他们正在为《桃花江》伴奏。这时,通向后台的一道小门打开,一个剧务探进头来,示意聂耳跟他一起去化妆间化妆。

化妆间里一派忙碌的景象:小姑娘们被打扮成浓妆艳抹的妖冶的妇人,冯凤拿着粉饼到处找粉盒,高天人问谁拿走了他的眉笔……音乐家赵梅农和吴经理走进来,吴经理不失时机地提醒大家说:"大家卖点力啊,今天电影公司的老板、导演都来看戏了!演好了就可以拍电影!"冯凤在一边不胜羡慕:"拍电影,当明星,啧啧!"

前台表演《桃花江》的女尖音传来。

听到这靡靡之音,聂耳停止了化妆,态度非常严肃地对赵梅农说:"赵先生,我们这些节目……""这些节目,怎么样?"赵梅农问道。聂耳如实回答:"我看应该排练几个新的,合乎时代的……"赵梅农并没有顺着聂耳的话讲下去,而是非常得意地说:"我们这些节目一向受人欢迎。像《毛毛雨》《桃花江》,不管大人小孩,都爱唱!"

前台,《桃花江》已近尾声,剧务开始催场了。

聂耳去往台上。这次他在滑稽歌舞短剧中扮演一个角色,表演得满头大汗。此时乐队席正奏到高潮,聂耳匆匆下台后从小门进入。他一面抹去脸上的油彩,一面抓起乐器,紧张地赶拍子。

闭幕时,掌声四起。聂耳偷偷望着池座中鼓掌的观众,这才深深地舒了一口气。乐池里,队员们忙着收拾乐器,只有聂耳在一旁默然不动。李天音关切地问他怎么了。聂耳告诉他这是自己第一次伴奏……李天音鼓励他说："你的耳朵感觉很敏感，手指头也比别人灵巧，进步也很快，很有希望能成为一个演奏家。"聂耳一时很兴奋，不住地说："谢谢你，谢谢你这几个月来常常指导我练琴！"

二

"耳朵先生，有人会你！"小姑娘小英从小门里伸进头来说。

聂耳来到戏院后台楼梯，看清来者是一个女学生，穿着一件很新的红衣服，色彩鲜明，背着身在看广告照片。原来她是聂耳在昆明的女同学郑兰英。聂耳兴奋地走上前去。两人寒暄几句后便进入正题。

聂耳问郑兰英："你看过我们的戏了？"

郑兰英直接说道："看过了，老实说，看了你表演的角色，我很失望！"

聂耳回答："我自己也不喜欢。原来演的人病了，我临时代一下。"

郑兰英侃侃而谈："你是我们昆明学生运动的中坚分子，怎么一到上海就变了样？这样的生活你满意？"

聂耳听到这话，只得支支吾吾："是不好受啊，如果不是为了音乐，我一天也待不下去……"

谁知郑兰英严肃地说道："你这是浪费青春，浪费才能，浪费生命！聂子，生命像火花。青年人的生活要像风云雷电，才痛快，才有意义！我希望你发出光和热，发出声音。"

郑兰英没有就此打住，而是想进一步跟他谈谈生活和思想。郑兰英说："走！跟我出去散散步。"她一边说着一边拿出手帕替聂耳擦脸上残余的油彩。

聂耳接过手帕，自己擦着："兰英，晚场我还得表演。"

郑兰英说："好吧，那我走了。对了，我已经改名了，现在叫郑雷电！"

郑兰英说完，便与聂耳告别，离开了。聂耳呆呆地站在原地，像是还未从刚才的对话中出来。

散场后的池座和舞台空荡荡的，幕垂着，只有乐队席还露出一丝淡淡的灯光。聂耳坐在观众池第一排正中的座位上写日记："……到上海一周年了！我就这样终此一生吗？"他在这个问号后面连续打了数个问号。他自己回答不出这个问题，也写不下去了。聂耳苦苦地思索着："这样的音乐生活，我能满意吗？"

他站起来，转身环顾观众座位。聂耳对自己说："你要做个真正的音乐家！"他陷入了美妙的幻想：所有的空位上都坐满了观众，都在等待他演奏优美的乐曲……就在聂耳思索该怎么开始的时候，突然台后传来一阵歌声："一个叫真真，一个叫爱爱，乖乖，特别快……"这低俗的音乐声将聂耳的思绪拉回，他眼前又是空荡的观众席。聂耳沉默地坐回座位，在日记本上有力地写道："……无论环境怎么样，不醉生梦死！不同流合污！不放松自己！要严格！要坚持！要……"下定决心的聂耳决定报考国立音专，觉得只有这样才能实现自己的梦想。

聂耳精神抖擞地走进国立音专的大门。口试室内陈列着世界著名音乐家的塑像。两边用挂钩分别钩起一半的厚呢帘幔的门旁，有两尊胸像：一尊是贝多芬，一尊是李斯特。

校长、钱也乐、孙英等人坐在一排。聂耳站在他们面前。

孙英对校长说："这个学生的主科成绩很优秀。"校长听后微微点头。孙英转过来问聂耳："你在哪儿学过音乐？"

聂耳坦然答道："自学的。"

一边的钱也乐侧过头对校长耳语："他是一个歌舞班的练习生，跑江湖的。"校长的脸色顿时阴沉下来。

钱也乐转向聂耳："你现在回答我的问题：'音乐艺术应如何才能够表达出那种纯洁的人性的优美情操？'"聂耳听后不慌不忙

地说:"音乐艺术并不神秘。它是时代和社会的反映,是大众的愿望,大众的呼声,大众的……"

听到这里,校长和一两个考试官的眉头愈皱愈紧。钱也乐打断他的话:"大众?大众懂得音乐吗?音乐是上界的语言!"

话刚说完,校长紧接着又说:"我们这里,是全国唯一的最高音乐学府,所以学费比较贵,你能交得出学费吗?"

聂耳没想到这个权威的音乐学校竟然如此狭隘,关注的只有学生的出身。他气愤地拂袖而去。当走到门口时,聂耳看着贝多芬和李斯特的塑像,轻轻地说了一句"再会",便走出口试室。考官们一时愣住了,校长在他的试卷上画了个叉。

三

就在聂耳因去国立音专应试受挫而苦思出路时,郑雷电找上门来:"走!把月琴带着。"郑雷电不由分说地说道。聂耳顺手取下月琴:"到哪儿去?"

"到你应该去的地方!"郑雷电斩钉截铁地说道。

两人一起在烟囱林立的工厂区的路上走着。路边几个男女学生拿着"救济十六省水灾"的小旗,手持毛竹筒向他们募捐。聂耳见到后掏出袋中全部财产——十几个铜圆,投入贴着"十六省水灾救济会封"的竹筒中。

晚上,工人夜校内,师生用桌椅板凳拼成一座简陋的舞台,挂上"沪东工人夜校赈灾游艺会"的横幅。聂耳和郑雷电在密密麻麻的工人观众中向前走。郑雷电向大家高呼:"音乐家来喽!"工人们纷纷表示欢迎。聂耳向群众挥舞乐器作答。到了台上,聂耳开始演奏。

台角,郑雷电和苏平在密谈。只听到苏平吃惊地说:"啊!他就是你说的昆明的那个学生?"郑雷电肯定道:"是,他要求参加革命工作！"苏平问："你完全了解他？"郑雷电点头。

演出结束后，前台掌声雷动。聂耳走向后台。郑雷电上来一把拖住聂耳："我给你介绍一位朋友，苏平先生。"这时前台掌声热烈，苏平对聂耳说："演奏得很好！你听，工人们多欢迎你！"聂耳注视着苏平，一时激动得说不出话来。突然，他想起好像在哪儿见过苏平，猛地一拍脑袋："对了！去年'八一'！"苏平也很惊讶："啊！在外白渡桥……"

聂耳激动得像归队的孤雁："我找得你好苦！郑雷电跟你说了吧，我要求做一些革命工作！"苏平点头。这时有人和聂耳打招呼，苏平趁此机会转身对迎上来的郑雷电低声说："你先介绍他参加'反帝大同盟'。"

苏平非常器重聂耳的政治热情和音乐才华，常常在政治上、艺术上帮助他进步。

与此同时，中国的形势越来越严峻。1931年9月18日，日军进攻中国东北驻地，炮轰沈阳城，翌年又在上海扩大侵略战争。全国人民要求抗日救亡。但蒋介石抱着不抵抗主义，高叫"攘外必先安内"，对共产党领导的红军、对革命人士进行大规模围剿屠杀，到处是白色恐怖。

不久，共产党派郑雷电赴江西苏区学习。临行前，她与聂耳相约在龙华塔上作别。

聂耳站在龙华塔上，焦急地俯视、远眺。田野路上，一个红点自远而来。聂耳辨识到是郑雷电骑着自行车来了。郑雷电身穿一身红衣，头戴一顶红帽，出现在聂耳眼前。聂耳见面就问："你不怕引人注意？"郑雷电快言快语："怕什么？我偏要穿红戴红，向反动派示示威！"两人转入正题。郑雷电告诉聂耳自己被组织上派到江西参加全国第一次中华苏维埃代表大会，就要离开上海了。聂耳听到消息后，既激动又羡慕："你，你真幸福！"郑雷电也无比兴奋：

"全国人民都要幸福了！我们要成立中华苏维埃共和国中央政府，要有苏维埃宪法，还要有……"聂耳也跟着无限欢乐地朗诵出："我们——'所能获得的却是整个的世界'！"

郑雷电只请了一个小时的假，所以没有多说，就匆匆告别了。聂耳目送着郑雷电离去，觉得她仿若春天的燕子，快乐地振翅飞向广阔的天空。

四

日本帝国主义对中国的侵略越来越猖狂。1932 年 1 月 28 日，上海爆发了"一·二八"事变。由于上海人民抗日运动的高涨，国民党十九路军将士向进攻上海的日寇进行了英勇的抵抗。

十九路军的抗敌行为，实现了上海人民抗日的愿望。上海人民积极准备了大批棉衣和食品，慰劳抗日将士。

聂耳所在队伍的卡车开到伤兵转运站前。他做了个简短而激动的慰问演出："各位勇士，抗日的英雄们！今天是旧历新年，我们来跟各位拜年！感谢你们为着我们老百姓，为着千百万妇女儿童，在这里英勇抗战……"

没等他说完，吴经理不耐烦地打断了他的话，抢着说："好了好了，咱们来唱个歌慰劳慰劳！"

歌舞班里这伙油头粉面、妖形怪状的男女演员，平时唱惯了靡靡之音，这时又怪声怪气地唱起《桃花江》那种肉麻的歌来。伤兵们听了，非常反感。

聂耳看着这一幕，感到很惭愧，就站出来说："我们唱个《马赛曲》。"

聂耳带头唱起《马赛曲》："起来吧！祖国英勇的孩子们！斗争的时候来到了！"这时，苏平和音乐家张曙来了，他们也随着歌声唱起来："武装起来，同胞们，快结成队伍前进……"

这首雄壮的法国革命歌曲使伤兵和医务人员都转怒为喜，在他们的心头激起了更加强烈的爱国的热情。

一辆车子在一座被炮火破坏得很厉害的高大建筑物前停下来。挂着战地记者革命臂章的革命戏剧家匡文涛，跟着刘医生走出驾驶室，向正在唱歌的苏平、聂耳说："《马赛曲》好是好，可惜是外国的，我们要有中国自己的歌曲！"

聂耳深有所感地看着匡文涛，似是自语似是询问："我们自己的歌曲？"

夜晚，聂耳在自己的日记里写下："看，一切都在变，我要做一个革命音乐家，要叫喊出中国人民大众的声音！"

形势日益恶化，歌舞班班主屈服于反动势力，演出低级庸俗的节目。聂耳最后愤然离去。

离开了歌舞团，聂耳觉得自己应该到自己该去的地方。

1932年初秋，聂耳来到北平。聂耳去大众剧团的时候，恰巧遇到正在排戏的苏平。聂耳急切地向苏平倾诉："我决不能在歌舞班里鬼混下去了。我跟那些市侩主义的小市民决裂了！我要远走高飞，我要到东北去，当抗日义勇军！我17岁的时候当过兵，从云南到广东、湖南，虽然没打过仗，但我要上前线去，跟鬼子真刀真枪，拼硬功夫！"

听完聂耳的诉说后，苏平冷静地问他有没有关系和路线。聂耳表示没有，但希望通过苏平的关系去东北。苏平对聂耳的热情很是理解，但劝说他："先在这儿待几天，这儿正需要你，先参加我们纪念九一八事变一周年的演出。'左翼剧联分盟'布置了全市的联合大公演！"

为纪念九一八事变一周年，北平各大剧团联合公演。剧场里座无虚席，鸦雀无声。

台上正演着《沈阳城外》。

林大琳扮演中年妇女，在操持家务。宋怀昭演的是教师，正在批改学生作业。小喜演小学生，在灯下温习功课，念着："我国地大物博，物产丰富……东北三省是我国……"沙阿蒂扮演女学生，背着书包，唱着民歌走上来。

台上的戏正渐入佳境，突然，帷幕竟落了下来。场内灯光大亮，观众议论纷纷："为什么下幕？""怎么只演了一半？""禁演了！""出事了！"观众惊疑四顾。

剧场四周的太平门和出入口等交通要道，站满了荷枪的警察宪兵和便衣特务。后台，便衣特务和宪警气势汹汹地向演员们吆喝："禁演了！快走！"

从舞台上刚下来的和原在后台的演员们，有的愤怒，有的忍不住低声啜泣，有的咬紧牙关。聂耳站在一边，像将要爆炸的炸弹，捏紧拳头，狠狠地向墙上猛地一击。

苏平走上前一步，噙着泪对台下的观众说："同胞们！我们的戏被禁演了……因为戏里头有一句'东北是我们的领土'……这句话不准说！在我们的舞台上不许说'东北是我们的领土'！这，这……"

少数观众顿时激愤起来:"东北是我们的领土,为什么不准说!""为什么要禁演?"全场骚动起来,无数的手臂挥动着,雷动的口号从群众中喊出来:"我们有演戏的自由!""我们有看戏的自由!""打倒日本帝国主义!""打倒汉奸卖国政府!""我们要收复东北失地!""东北是我们的!"

台上台下的群众的爱国热情都被激发出来,他们向反动势力示威抵抗。场面眼见就要失控。"砰"的一声,宪兵队长向上放了一枪。场内观众被突如其来的枪声震住了,霎时间静了下来。

就在双方僵持的时候,聂耳拿着提琴走到台前中央,奏起《国际歌》:起来!饥寒交迫的奴隶……

渐渐地,歌声越来越大,最终变成了群众大合唱。宪警、特务们看到情绪慷慨激昂的群众,顿时不知所措。

《国际歌》愈唱愈激昂。聂耳激动地演奏着。特务们企图突破观众结成的围墙向台上冲过去。几十位观众奔上台,保护演员们走下台。台下,观众们肩并肩、手挽手筑成一条长长的夹道。特务们被推挤开。

聂耳在观众的保护下,奏着《国际歌》走出剧场,后面跟着苏平和演员们。长串的队伍唱着《国际歌》向前走去。

五

在北平参加抗日救亡戏剧运动不久,苏平、聂耳被调回上海工作。临行前,他们来到万里长城。

长城连绵起伏,蜿蜒万里。聂耳、苏平、林大琳和另几位演员站在长城上,极目远望。群山、古垒、旧堡、山坡上的羊群……聂耳被这雄伟的景色深深吸引,从没有像现在这样感到祖国的伟大、可爱。但一想到此时河山破碎,东北沦陷,聂耳顿时义愤填膺,一股无比充沛的生命力量从心中油然而生。聂耳激动地告诉苏平:"凭

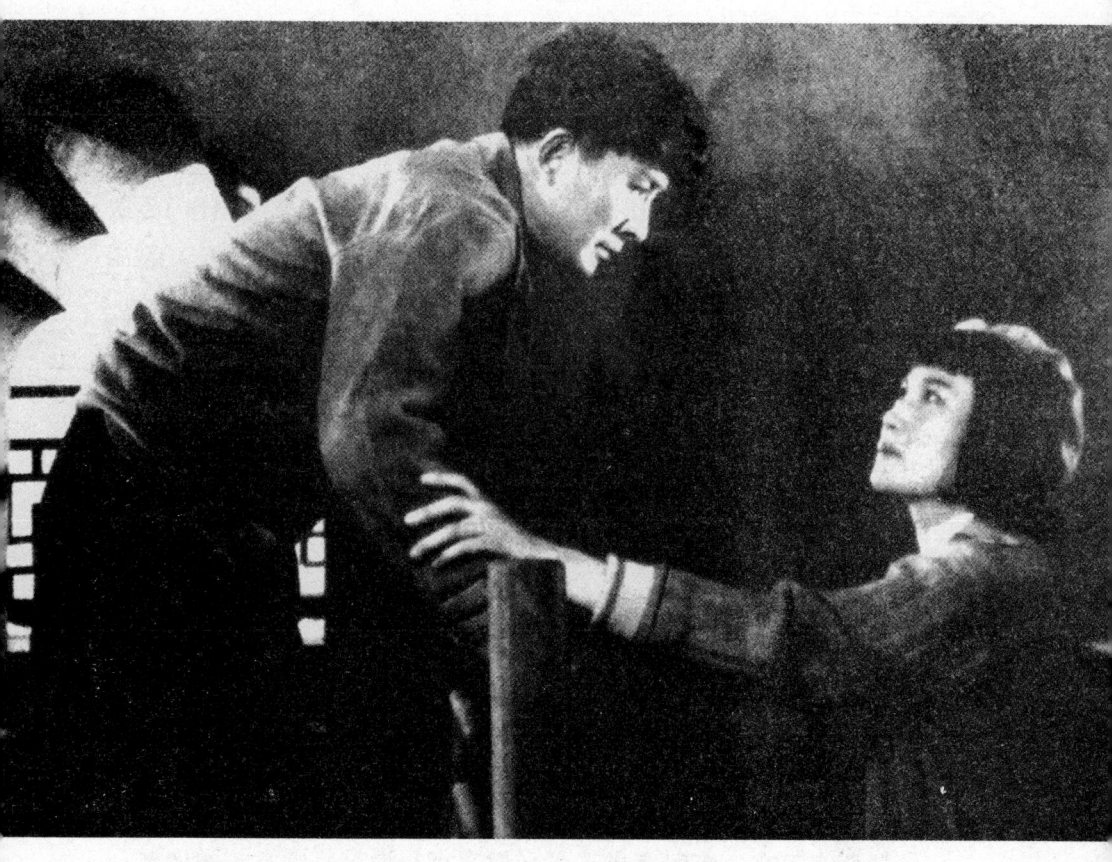

着万里长城,我对天发誓:我要把我的生命献给党!献给祖国!献给国际无产阶级!"

离开了北平,聂耳到了上海,参加了党领导的苏联之友社音乐小组的活动。这对聂耳在政治思想上、音乐创作上都是一个新的起点。为了使作品富有生命力,倾诉人民的声音,聂耳经常去访问工人,观察、体验工人生活。在这样的情况下,由聂耳谱曲的歌剧《扬子江暴风雨》诞生了。演出这部歌剧时,他亲自扮演了剧中码头工人老王这一角色。由于他平时深入群众、体验生活、耐心倾听,搬运工人的形象早已刻画在他的脑海里了,所以他将这个角色塑造得很真实,获得了极大的成功,也打响了粉碎反动派文化围剿的第一炮。

工人们称赞聂耳是为工人写歌曲的第一人。与此同时，苏平庄重地告诉聂耳，他的入党申请已经批准了，他已经是一名无产阶级先锋队的战士了。

此后，聂耳的音乐创作如长江大河，一泻千里。他相继创作了《铁蹄下的歌女》《毕业歌》《大路歌》《新女性》《开路先锋》等革命歌曲。这些歌曲通俗易懂，强烈地表达了人民的生活意志和愿望，一时家喻户晓，全国风行。

这时，国民党反动派对革命文艺工作者进行了疯狂的血腥迫害。为了保存力量，迎接更艰巨的战斗，1935年春，党组织决定送聂耳去苏联深造。出国前夕，苏平给了聂耳一个香烟纸壳，上面写着《义勇军进行曲》。苏平告诉他这是由田汉创作的，草稿还没有来得及抄，田汉就被捕了。聂耳听后深受感染，表示一定在自己离开祖国之前，再战斗一次！聂耳满腔的怒火在燃烧。战斗的号角在他的心里、在他的周围到处吹响，吹出雄壮庄严的曲调。他立刻拿起笔来，飞快地写出一个个有力的音符。虽然是在这样的黑夜，他的面前却是一片光明。他越写越激昂，越写越有力。

聂耳终于在一夜间完成了《义勇军进行曲》。这首不朽的革命歌曲，吹响了中国人民发愤图强的战斗的号角。这同时也是中华人民共和国国歌的由来。

1935年7月17日，在前往苏联取道日本时，聂耳在日本藤泽市海滨游泳，不幸溺水身亡。

聂耳离开了，但他的歌声却深深地留在祖国，激励着中国苦难的人民："起来，不愿做奴隶的人们……"祖国到处热情澎湃。民兵正吹起进军号，拿起红缨枪，前赴后继，奋勇杀敌！

中国人民解放军以排山倒海之势，从国民党反动派手中夺取一个又一个城市，直到取得全国的解放。

聂耳的歌曲将永远受到人民的喜爱，世代流传。每当我们听到这熟悉的旋律时,一股自豪感油然而生。雄壮的歌声穿越时空,给我们每个中华儿女以勇气和力量。

影评选粹

人物传记·政治成长·音乐成长

《聂耳》是我国第一部以人民音乐家的战斗生涯作为主要内容的人物传记片。该片结合时代特色和主人公的创作道路,穿插了不少聂耳的歌曲,既服务于主题,又为本片增添了艺术气氛,使聂耳的形象色彩更加鲜明。编导选用聂耳的代表性作品作为全片的音乐基础,使音乐、剧情、人物思想发展水乳交融、浑然天成,聂耳的人物性格、他所具有的乐观主义精神呼之欲出。

影片把主人公政治思想的成长和音乐创作水平的提高紧密地结合在一起。为此,编剧把聂耳创作《义勇军进行曲》的过程,作为剧本整体构思的焦点,让"政治成长线"和"音乐成长线"辩证地相互影响与有机交错,并以此作为描绘故事情节、刻画人物性格和抒发剧作家自己思想感情的手段。

空镜头和音乐的结合以不同的语言表示同一内容,声画结合,互

相形容。影片中空镜头的使用使得观赏者的想象得以纵横驰骋。在这里，空镜头的使用使乐曲的感情得到很好的发挥，而离开了音乐，空镜头也不能包含那样比较深远的意境。它们紧密结合，互相依赖。

精彩回放

为纪念"九一八"一周年，北平各大剧团联合公演。剧场里座无虚席，鸦雀无声。然而，警察宪兵和便衣特务突然围住剧场，扬言禁演。而禁演是因为戏里头有一句"东北是我们的领土"，这句话不准说。

从舞台上刚下来的和原在后台的演员们，有的愤怒，有的忍不住低声啜泣，有的咬紧牙关。聂耳站在一边，像将要爆炸的炸弹，捏紧拳头，狠狠地向墙上猛地一击。

少数观众顿时激愤起来："东北是我们的领土，为什么不准说？""为什么要禁演？"全场骚动起来，无数的手臂挥动着。聂耳拿着提琴走到台前中央，奏起《国际歌》……

渐渐地，歌声越来越大，最终变成了群众大合唱。宪警、特务们看到情绪慷慨激昂的群众，顿时不知所措。《国际歌》愈唱愈激昂。聂耳激动地演奏着……

红旗谱

出水才看两腿泥。咱们要革命,就不怕大风大浪!总有一天革命的红旗要插遍整个中国。

——贾湘农对朱老忠说

影片档案

出品:北京电影制片厂　天津电影制片厂
编剧:胡　苏　凌子风
导演:凌子风
主演:崔　嵬　蔡松龄　葛存壮

荣誉成就

《红旗谱》以史诗般的壮美气势和性格鲜明的人物形象，再现了20世纪二三十年代我国北方农村如火如荼的革命斗争，是一部具有历史浑厚气质的农村题材影片。

主演崔嵬因此片于1962年荣获第一届大众电影百花奖最佳男演员奖，摄影师吴印咸荣获大众电影百花奖最佳摄影奖。

影片史料

北伐战争因为没有达到预期的"打倒列强军阀"的政治目的而最终失败。北伐战争失败后，中国的政治局势发生了重大转折。民族资产阶级右翼和小资产阶级上层倒向了买办豪绅阶级，他们大肆破坏革命，并且继续压迫穷苦老百姓。中国依然处于半殖民地半封建社会。广大农民在封建主义和地主阶级的重重剥削、压迫之下，过着极为悲惨的生活，他们迫切地要求革命。

剧情故事

一

1901年，滹沱河波浪滔天，奔腾翻滚，老树枯林迎着飒飒秋风。一口庞大的古钟坐落在千里堤上的老树旁。钟上挂满铜绿，隐隐可以看出"大禹治水"的花纹。

一个普通的农家院中，朱老巩挽着辫子，赤裸着臂膀，猛力地磨着一口铡刀。严老祥蹲在旁边，吸着旱烟，以息事宁人的语气劝说道："老巩兄弟，为了那口钟，跟冯兰池豁命，犯得上吗？这可不是头两年闹义和团，打洋鬼子。咱惹不起！"

朱老巩愤愤地说:"冯兰池横行霸道,他想砸钟灭口,存心想霸占河神庙前四十八村的公产,我不能不管!"他下定了决心,一定要守住这口钟。严老祥显然被朱老巩的行为触动了,也下定了决心,说:"好兄弟!你要这么说,我也不能看着你一个人为大伙去跳火坑。"

古钟下,虎子和志和在下棋,但他们的心思都没在棋上。突然,虎子指向千里堤的方向说:"志和,你看!"顺着虎子指的方向,志和看到远处地主冯兰池正率领一伙人直奔千里堤而来。

虎子赶快让志和给他的父亲朱老巩报信,自己则紧贴着古钟,像一个卫士一样,怒视着奔来的那伙人。朱老巩听志和说砸钟的来了,立马坐不住了。他猛抬身吼道:"有我朱老巩一口气,冯兰池他就别想砸这口钟!"说着,大步冲出家门。志和、老祥也跟了出去。

四十八村的群众都拥向河神庙,他们个个现出激怒的神色。被家丁前呼后拥着的地主冯兰池,手托画眉笼子,走上庙台,大喊一声:"给我开锤!"朱老巩提着铡刀奔来,大吼:"住手!"铜匠们举着大锤的手停在了半空中。

冯兰池见状，轻蔑地说："怎么？朱老巩，我砸钟卖铜顶公款。你要是不让，那你把全村欠下的赋税银子都给拿出来！"朱老巩冲上去一把抓住冯兰池，将他拉到古钟前。钟上的铭文清晰可辨：明朝嘉靖年间，滹沱河下梢四十八村，为修桥补堤，集资购地四十八亩，恐日后无凭，铸钟为证。

有了底气，朱老巩一个虎步蹿上钟台，直逼冯兰池，"你想一人专权，出卖古钟？"冯兰池无赖地说："朱老巩，这铜钟是锁井镇上的庙产，我有红契在手……"一个乡亲看出那个红契是假的，乡亲们纷纷要求当场将假红契扯掉。

朱老巩几下撕碎契纸，扔到冯兰池面前。冯兰池恼羞成怒，说："朱老巩，你敢造反，你眼里还有大清的王法没有？"又转身命令铜匠们立刻砸钟。朱老巩抢上几步跃上钟台，将铡刀举过胸前，誓死阻止砸钟。

就在这时，一位身穿长袍马褂、手持念珠、道貌岸然的老者径直穿过众乡亲，走到钟台前。冯兰池上前屈膝请安。这位就是当地有名的严老尚。他环视了一下四周，走近朱老巩。

严老尚假装和蔼地说："有什么大不了的事，犯得上动铡刀？拿来！"说着，拿过铡刀交给手下。严老尚又让冯兰池把人带走。冯兰池假装听从了。随后，严老尚转向朱老巩说："走，咱们爷俩喝两盅去，有什么事再慢慢商量。"

冯兰池并没有走多远，回头见朱老巩已跟着严老尚走开，就转回身来命令手下赶快去砸钟。铜锤重重地砸在古钟上。朱老巩听到声音，怒视着严老尚说："好呀，原来你们是调虎离山！"说着，一把推开了严老尚。

朱老巩急步奔向古钟，但在铜锤的打击下，古钟已经破成碎片，并被冯兰池一伙带走了。急火攻心的朱老巩喷出一口鲜血，摇晃着倒下了。

弥留之际，朱老巩挣扎着对虎子姐弟说："记住，以后，只要有一口气，就要替爹报仇！"虎子的泪眼中显现出刻骨的仇恨。

朱老巩死后，冯兰池并没有放过虎子姐弟。他命令手下人斩草除根。虎子的姐姐听到了风声，决定让弟弟逃到外地去。

千里堤边，严老祥夫妇、志和、虎子姐都来送虎子。老祥婶千叮咛万嘱咐，让虎子一定要保重。虎子一一答应着，突然扑到她的怀里哭了。虎子姐也走过来，嘱咐他要多加小心，不要忘了为爹报仇。虎子点了点头，含着泪一步一回头地走远了。

二

25年后。

保定车站前的广场上，摊贩争相叫卖，行人川流不息，一片热闹景象。汽笛狂鸣，一列火车急驰而过。车厢内，一个40来岁的粗壮汉子凭窗而望，他在沉思着。他不是别人，正是虎子。

现在的虎子名叫朱老忠，此时他已经40多岁，恰似父亲当年的模样，只是头上戴着东北那种狗皮护耳帽。从他的脸上，依然可以看出他当年刚强正直、慷慨仗义、烈火一般的性格。现在，他带着妻子和两个儿子再次回到这片阔别已久的土地。

一个茶摊上，严志和正在喝茶。严志和与朱老忠年龄相仿。看见严志和，就让人想起朱老巩生前的知己，那个忠厚老实的农民严老祥。朱老忠一家走进茶摊。朱老忠和严志和并没有认出彼此。直到严志和走出茶摊，朱老忠才恍然大悟，急忙追出去。

当得知此人就是小时候的玩伴严志和时，朱老忠既兴奋又开心。久别重逢，二人询问彼此的情况。在这25年间，朱老忠在关东受尽苦难，终于娶妻生子，又经过千辛万苦回到了老家。严志和告诉朱老忠，冯兰池还在，而且活得很结实。但是，朱老忠的姐姐已经

不在人世了。就在朱老忠25年前离开家乡的那一天,她跳河自尽了。朱老忠脸色一沉,眼中复仇的火焰更加旺盛。

冯家大院是一座明朝留下来的宅第,门檐糟朽了,砖石还结实。墙山高厚,上下马石、旗杆石分列两旁,仍然保留着当年显赫一时的气派。严志和与朱老忠坐着马车刚到冯家门口,严志和就让马车停下,向朱老忠解释道:"还是那老规矩,过他家门口都得下车。"朱老忠一肚子的火再也压抑不住:"什么?如今是民国了,我朱老忠就要破破他这个规矩!"

这时,冯兰池正在大门口。他已经60多岁了,比起二十几年前更加阴狠毒辣。冯兰池见朱老忠挥舞着鞭子,大摇大摆地从他家门前经过,十分生气,说:"谁这么大胆,还有什么王法!二卯,给我截住!"

刘二卯上前拦截,朱老忠一鞭子打在刘二卯的脸上,刘二卯抱头逃开。冯兰池手指大车,威胁地说:"你懂不懂我冯家的规矩?"朱老忠毫无惧色,怒目而视。冯兰池与朱老忠的目光相遇,猛地一惊。朱老忠一句话没说,挥起鞭子,扬长而去。半晌,冯兰池才惊醒过来,心情复杂地走进门里。

来到严家,朱老忠见到了分别二十多年的老祥婶。老人悲喜交加,向他倾诉了分别以后的思念之情。接着,朱老忠向老祥婶介绍了自己的家人。大贵、二贵亲热地叫着奶奶,老祥婶高兴得合不拢嘴。

接着,一家人美美地吃了一顿团圆饭。饭后,严志和的两个儿子运涛、江涛回来了。朱老忠把运涛哥俩端详了一番,大加赞赏。朱老明的女儿春兰也过来了,她和运涛已经定了亲,快要过门了。

自从遇见了朱老忠,冯兰池心里一直不平静。他在自家的内室踱着步,自言自语地说:"当年斩草没除根啊……"李德才凑上去宽慰他说:"东家,锁井镇地面是咱们的,朱老忠他有多大能耐,他闹得出咱们的手心去?"冯兰池听后依然焦灼不已。

朱老忠在乡亲们的帮助下,在朱老巩当年留下的二亩地上重建家园。木匠伍老拔也由远道赶来帮忙。大家热火朝天地忙碌着。远处,李德才大摇大摆地走到朱老忠身边说:"老忠啊,你盖房子,怎么也不先和我说一声,这地早就是人家冯家的了。"朱老忠愤怒地说:"这地叫冯兰池霸占了25年,我还没找他算账哩!"

双方对峙着,始终僵持不下。乡亲们都围了过来。朱老忠声色俱厉地说:"告诉冯兰池,他害了我家两条人命,我饶不了他。有我朱老忠在,这地,它就改不了姓!"

田头上,冯兰池打着阳伞走来,望着朱、严两家兴旺的景象,怀恨而又不安。朱老忠直起身子,瞪了冯兰池一眼。冯兰池狠毒地低声念叨:"好哇!朱老忠,我先让你得意一时。可谁厉害,咱们还得走着瞧!"

冯兰池说完转身顺着小路走去。对面,大贵大摇大摆、毫不避让地与冯兰池擦肩而过,这股子傲气使得冯兰池更加窝火。后来,冯兰池看到市集上走过几个兵,打着招兵的白旗,突然计上心来。

几个大兵穿过人群走到大贵身后,绑住他的双臂,说:"该你出兵!"大贵挣扎着大叫:"凭什么?"冯兰池、李德才分开人群走过来,一脸阴险地笑道:"就是该你出兵,带去!"大兵推着大贵走了。

二贵、江涛立即飞奔回来,把事情的前前后后都告诉了朱老忠。朱老忠憋了半天,大吼道:"凭着我这五尺汉子,我捅不了他?"说完,冲出门去。

跑到院子里,朱老忠提起铡刀当胸一摆,神态犹如当年护钟的朱老巩。但霎时间,他又沉思起来。他把铡刀扔到一边,攥紧拳头,决断地说:"贵他娘,把大贵该带走的衣裳和东西收拾收拾,叫他当兵去!"贵他娘实在不敢相信朱老忠的决断。就这样,大贵无奈地去当了兵。

滹沱河水静静地流着,天边一片朝霞,千里堤上坐着两个人,他们是伍老拔和朱老忠。朱老忠还为大贵当兵的事愤愤不平。伍老拔安慰他说:"我在河南那边遇见个教书的贾先生,他叫贾湘农。……"

伍老拔一五一十地把贾湘农劫富济贫的事说出来。朱老忠不可置信地说:"真有这事?"伍老拔回说:"可不是!咱们穷哥们要是有他这么一带头,就闹起来啦!"朱老忠兴奋地站起来,向往地看着远方。

田野里,一片黑压压的人群,从四面八方拥向谷子地。贾湘农一身农民打扮，也在人群中帮着割谷子。伍老拔由远处跑来。贾湘农低声指示："马上告诉张家庆，接着抢南边那片玉米地！"伍老拔答应着，兴奋地走开了。

一个肥胖的地主，拄着拐杖，一颠一拐地跑来。他一边跑一边骂："你们给我放下，你们这帮穷鬼，你们要造反哪！"乡亲们正拥向谷子地，全然不理睬地主的喊叫。

地主气极了，抓住一个农妇。两个护院狗腿子和农妇厮打起来。农妇势单力薄，被推倒在地上。朱老忠看到这一幕，两眼冒出火星，直奔地主而来，不容分说跳上前去，把地主和狗腿子都摔倒在地上。

地主气得一边后退，一边指着朱老忠和运涛大骂，狼狈地逃走了。朱老忠心里越想越豁亮，不觉咧开嘴向运涛笑了。贾湘农大步走过来，一下握住了朱老忠的手，说："你就是朱老忠吧？"朱老忠也无限欣喜，"你是贾老师？"

在贾湘农的家里，朱老忠、运涛、伍老拔坐在炕头上，认真听着贾湘农讲话。贾湘农对他们说道："乡村里的苛捐杂税，有多少名目？再加上租子、高利贷，咱们穷人怎么能活得下去？不打倒贪官污吏、土豪劣绅，咱们穷人就永无出头之日！"

朱老忠说："老兄弟，我讨教讨教，我跟冯兰池几代的仇，该怎么报？"贾湘农耐心地给朱老忠讲述道理，这使得朱老忠终于明白，报仇不能靠单枪匹马，更不能依靠子子孙孙，而是要借助集体的力量，打倒封建地主和军阀。

朱老忠和运涛开窍之后，相继把贾湘农的这种思想传播给了乡亲们。运涛对乡亲们说："乡亲们！为什么织布的穿不上衣裳，为什么种庄稼的倒吃不饱？只因为地租太重，苛捐杂税太多，压得咱们喘不过气来！老乡们，咱们要打倒土豪劣绅！"

朱老忠也附和着他的话："总有一天咱受苦人要出头，如今世道不同了，咱们要改改那老道，要闹革命！"另一边，春兰也在对一群姑娘宣传着:"革命,就是要把地主老财都扳倒!"

李德才听说后,把这件事告诉了冯兰池。冯兰池轻蔑地说:"别理他,成不了什么大气候。"李德才随声附和道:"哼!不是什么好东西!我告诉您,听说这一阵子运涛和老驴头的闺女春兰又闹到一块啦!"

冯兰池在一把太师椅上坐下,沉吟道:"德才,春兰这丫头长得还不错呀!今年十几啦?"李德才回答说:"十九岁了吧,怎么,东家你有这个心思?"

这时,院里传来皮鞋声,冯兰池的儿子冯贵堂回来了。他穿着一身西装,恭敬地站在正厅门口。冯兰池惊讶地打量着儿子,十分不满意这一套装束。冯贵堂申辩道:"爹,如今都什么年月了,京里边讲维新,大学堂穿这样衣服的人多了。"冯兰池命令儿子把衣服换了再跟他说话,冯贵堂答应着走了。

李德才对冯兰池说:"贵堂毕了业,家里可有了个帮手啦,乡政的事不愁照顾不过来了!"冯兰池没有说话,但心里颇为得意。李德才接着说:"春兰那事,我去办办去吧!"冯兰池板着面孔点了点头。

黄昏,天边一片晚霞。西瓜地里,运涛和春兰正坐着谈话。他们憧憬着打倒军阀之后的美好生活,陶醉在这一片愿景里。

高粱地里,李德才对老驴头说:"老驴头,你看见了没有?你们家祖祖辈辈可是走正道的,严运涛这不是存心败坏你家门风吗?"

老驴头一愣,忽然怒上心来,大骂"畜生"。运涛听见声音,不知如何是好,拉着春兰就跑。老驴头在后面追赶着,一直追到千里堤上。春兰让运涛快跑。老驴头赶上来,抓住女儿就是一顿乱打,嘴里还咒骂着:"你这个不要脸的东西!"

春兰跌倒在地,躲闪着老驴头的踢打。最后,还是春兰娘跑过去,替女儿求情,老驴头才罢了手。一直在幸灾乐祸观看的李德才,慢慢悠悠地走过来，劝说道："老驴头啊，我还是那句话，早点打发了算了。"

老驴头恨铁不成钢地说："闹到这个地步，谁还敢要！"李德才附到他耳朵边上说："你这还用愁啊，冯家老爷子早就看上了。"老驴头嘴唇打着哆嗦，一时说不出话来。他站起身，抡起胳膊伸开五指，一巴掌打到李德才脸上。李德才被打得从堤坡上滚了下去。

冯兰池这边也加紧了谋害运涛的计划。他让儿子冯贵堂写一份状子，口授着："查我乡日来流言蜚语甚多，狂言打倒土豪，妄图犯上，实属恶极。经四下查访，此类流言多出于严运涛之口。"

此时的严运涛还不知道厄运将要来临，照常走进朱老忠的院里，低声说："忠大伯，贾老师说，北伐军打得很顺当。这些日子，吴佩孚的队伍一个劲儿地往南开。贾老师说，为了加强革命力量，决定派我进黄埔军校去。"

朱老忠听后兴奋地拍拍运涛的肩头，称赞他有出息，并问他什么时候走。运涛回答说当天半夜就走，但放不下乡亲们，还有春兰。朱老忠答应他，走之前让他和春兰见上一面。

在滹沱河边，运涛终于见到了春兰。两人相见之后，春兰啜泣起来。运涛安慰她说："别难过，等革命军从南边打到北边来，冯兰池霸道的日子就到头了。"春兰喃喃地说："盼望着这一天快到吧！"

三

北伐军奔驰在原野上，腾起滚滚烟雾。运涛挥舞着马刀，指挥作战。北伐军杀声阵阵，奋勇前进。

冯贵堂把北伐军要打到济南来的消息告诉了冯兰池。冯家人都惶恐地围上来。最后，冯兰池听从了儿子的建议，携全家搬往天津租界。

1927年4月12日，蒋介石背叛了革命。在朱老明家的屋子里，大家静听着贾湘农谈论形势。贾湘农说:"现在革命的形势起了变化,就在4月12日那一天,蒋介石叛变了革命,到处屠杀共产党。"

朱老忠不可置信地问:"难道革命就这样完了吗?"贾湘农回答说:"不,老忠大哥。你不是常说,出水才看两腿泥吗?咱们要革命,就不怕大风大浪!总有一天革命的红旗要插遍整个中国。"朱老忠坚定地点了点头,心中充满信心。

不久,冯兰池一家从天津驾车还乡。冯兰池的嚣张气焰又高涨起来。他命令李德才收租子,要债,少一个大子儿也不行。李德才连连点头。

严志和把冯兰池返乡的消息告诉了朱老忠,并把贾老师的信交给了他。朱老忠拆开信看,立刻愣在那里。原来,信上说运涛让蒋介石关进了监狱。听到这个消息,严志和全身发软,手中的油灯滑落在地。

朱老忠劝慰严志和说:"好兄弟,你别为难,你家的事就是我家的事。我早筹划好了,凑点钱,上一趟济南。"贵他娘忍痛摘下耳环和手镯,放在炕桌上。朱老忠非常感激。

阴沉的监狱,高墙上架着电网,四角造有炮楼。狱内的甬道尽头,两个狱警押着运涛从铁栅门外走来。朱老忠和江涛隔着铁栏杆看到了运涛。运涛虽然比以前消瘦苍白,但神态更坚定稳健,两只眼睛炯炯有神。

朱老忠把家里的情况都告诉了运涛,让运涛放心。运涛挺起胸,无比豪迈地说:"告诉乡亲们,我严运涛一不是砸明火,二不是断路,我是中国共产党党员,为了劳苦大众!眼看就要过江,北伐就要成功,革命就要胜利,可是蒋介石他叛变了革命!忠大伯,江涛,回去告诉乡亲们,革命完不了,革命一定会胜利!"

千里堤,蜿蜒伸向远方。堤上,朱老忠和贾湘农在谈心。朱老忠说:"看见了运涛,我才真正知道什么是共产党。现在我更明白,有了你们这些人，革命一定会胜利。"

贾湘农欣慰地说："对，老忠呀，现在你和从前有很大的不同了！早先你光知道要报私仇，如今你是把家仇跟被压迫阶级的命运连在一起了。刚才你不是说，革命一定会胜利吗？对，这说明你看到了受苦阶级的前程，相信了自己的力量，这就是真理。"

朱老忠表示一定要抗争到底。他向往地说："有一天我也要像运涛那样，当个共产党员。为了咱们穷人，把这条受苦的根拔掉，我就是割了脖子丧了命，也甘心情愿！"贾湘农表示县委已经接受朱老忠加入中国共产党。朱老忠握住贾湘农的手，激动得说不出话来。

朱老忠的屋子里，坐满了乡亲们，大家正在听朱老忠讲话。朱老忠说："咱杀猪，一不图钱，二不要肉，送来的猪全自己杀掉，为的是替咱穷人出这口气！"朱老明也随声附和："共产党主张的事我赞成，冯兰池是咱们的死对头，反他！叫他一个子儿也拿不着！"

大家都纷纷表示支持朱老明的建议，贾湘农也说："对！咱们砸他个措手不及。现在，朱德、毛泽东率领的红军打到了江南，建立了革命根据地。只要咱们抱成一个团，不怕风不怕雨，反割头税，打倒冯兰池，咱们的事准能成！"

朱老忠的家门前，已经架起杀猪锅。人们来往忙碌着，烧火的、抬水的，大家说笑着，喜气洋洋。贾湘农在朱老忠屋里，不时走到门口，兴奋地观看着热闹的景象。

然而冯家门前，一片冷落。早就安好的锅台寂寞地摆着，红彤彤的炉火白白烧着，杀猪的、烧火的都躺在地上打盹。冯兰池站在台阶上发愁。李德才报告说他们这档子买卖算赔了。冯兰池气急败坏。冯贵堂也看不下去了，说："这简直是目无王法！"

冯兰池吩咐手下人去骂群众。李德才、刘二卯随即来到坡上，对着朱老忠家门前热闹的群众大骂。乡亲们不服，也开始回骂。朱老忠说："乡亲们，别理他！咱们干活！"刘二卯还继续骂。贵他娘看不下去了，鼓动群众还击。妇女们随即围住刘二卯就打。刘二卯寡不敌众，被打得极为狼狈。

　　远处，穿着军服的大贵突然出现。大贵一见刘二卯正扭着自己的母亲，怒上心头，扯开刘二卯便往坡下扔去。刘二卯狼狈地边跑边骂，这时人们才注意到大贵的突然出现。大家都围了上去。朱老忠高兴地问："你怎么回来的？"大贵回说："我开小差回来的！"朱老忠把冯兰池包了割头税、乡亲们吃苦的事说给大贵听，并表示非把冯兰池整倒不可。

　　刘二卯狼狈地回到冯家。冯兰池暴怒地说："好呀！好你个朱老忠，我告你去！我告你聚众抗税，我告你无法无国、惑众造反！"

　　乡亲们手持梭镖、扁担，聚集在冯兰池家门前，情绪异常高昂。江涛站在台阶上大声鼓动着："乡亲们！咱县的人都起来了！"乡亲们向大路上涌过去。冯兰池的马车在大路上跑着，后面的群众像潮水似的涌来，他们拥进县城，到了税局门口。江涛爬上窗口喊口号："反对苛捐杂税！打倒贪官污吏！"群众跟着呼口号。

　　冯兰池父子从税局后门破墙缺口处慌慌张张地爬出来，狼狈逃去。这时，大贵和江涛发现冯兰池逃跑了，人们拥出院子追去。冯兰池父子奔进县府大门，连声叫喊张县长。

　　张县长迎出来，冯兰池气喘吁吁地说："张县长，割头税没收到手，穷鬼们造反啦！"

　　张县长吃惊地说："怎么因为收税惹下这么大的祸？这下子咱们全完了！"冯兰池恶毒地说："镇压！镇压！把为首的朱老忠抓起来！送他进大狱！"

　　群众高呼着"打倒冯兰池，打倒贪官污吏"拥进县政府大院，顿时把县政府大院挤得满满的。张县长站在台阶上，惶惑地望着。贾湘农身穿一套农民衣服，在人群中喊："叫他们把冯兰池交出来！"

　　张县长束手无策。最终，冯兰池还是被交了出去。群众的喊声像滹沱河水在咆哮。张县长无奈地说:"好,好,我答应你们的请求,割头税照免,一个子儿也不收了!"冯兰池浑身哆嗦,脚一软,瘫倒在地。

朱老忠高喊:"打倒土豪劣绅!"群众爆发出雷鸣般的欢呼。

斗争胜利了,崭新的时代来临了!

影评选粹

深沉雄厚·乡土气息

影片以深沉、雄厚的笔触,形象地再现了冀中平原浓烈浑厚的乡土气息,使其有着令人感奋的"燕赵之风"的气质。导演将农民与地主之间不可调和的阶级矛盾作为主线,多层次、多方面地表现了其他各阶层人物及其矛盾,在诸多矛盾斗争中使人物形象得以确立。

《红旗谱》是一部关于农村革命斗争的影片。它通过朱老忠、严志和两家农民同恶霸地主冯兰池之间世代相沿的矛盾,反映了我国20世纪20年代农民阶级和地主阶级之间的尖锐的对立形势,预告了农民阶级必将在中国共产党的领导下登上政治舞台的美好前景。

影片结构属于戏剧性结构,这种结构要求把冲突尽可能写得紧张。影片中"怒闯冯家大院""反割头税游行"等场面,很好地刻画了冲突的双方,因此紧紧地抓住了观众的观赏心理。

精彩回放

一声鞭响,打破了过冯兰池家门要下车的"老规矩",更是向冯兰池发出了挑衅。这时背景音乐——唢呐声奏出了高昂的旋律,使人们感到一种扬眉吐气的痛快。以上富于视觉性动作的重场戏,奠定了影片粗犷浓烈、具有"燕赵之风"的艺术气质。

革命家庭

> 妈妈失去了自己的孩子,是悲痛,但是,你只要想一想,这不过是为了千千万万个妈妈和孩子的幸福。
>
> ——立群临终前给母亲写下遗书

影片档案

出品:北京电影制片厂

编剧:夏　衍　水　华

导演:水　华

主演:于　蓝　孙道临　张　亮

荣誉成就

1961年第二届莫斯科国际电影节金圣乔治最佳影片提名。
1961年第二届莫斯科国际电影节银圣乔治最佳女演员奖。
1962年第一届大众电影百花奖最佳编剧奖。

影片史料

新民主主义革命是无产阶级领导的，人民大众的，反对帝国主义、封建主义和官僚资本主义的革命。它的目标是无产阶级牢牢掌握革命领导权，彻底完成革命的任务，并及时实现由新民主主义向社会主义的过渡。1919年的五四运动标志着中国新民主主义革命的开始，1949年中华人民共和国的成立标志着我国新民主主义革命的基本结束。中国共产党人继承和发展了孙中山的民主主义革命理想和思想，以马克思主义为武器，提出适合中国国情的新民主主义革命纲领，展开新民主主义革命。

剧情故事

一

春光明媚，鸟语花香的季节。

整洁的客厅里，满头白发的老太太周莲坐在沙发的中间。周莲在给全家人讲她过去的故事。

周莲两岁的时候就没有了父母，是周莲的干娘将她带大。在周莲16岁那年，也就是辛亥革命的前一年，她嫁给了江梅清。江梅清也是一个孤儿，当时的他是师范学堂的一个学生。婚后，两人恩爱有加。在闲暇的时候，江梅清就教周莲识字。10年之后，他们有了两个儿子一个女儿——立群、小清和小莲。

江梅清毕业之后，一直在小学里教书。他认识了许多朋友，常常和他们在一起读书、看报，讨论国家大事，有时争论得很厉害。

在五四运动的影响下，江梅清接受了马克思主义思想。1924年，他毅然离开和美圆满的小家庭，背井离乡地踏上了谋求民族解放的革命道路。

1926年夏，街上非常热闹，如同过年一般。周莲站在人群中茫然地看着眼前的一切，疑惑地问周围的人："这是怎么了，出什么事了？今天是怎么了？这是做什么了？"

"你看，北伐军进城了，打倒帝国主义，打倒军阀，革命了。"路人满脸喜悦地回答她。

这时，穿着整齐军装的北伐军人，在群众的欢迎声中从远处走来。一队女兵引起了大家的注意。这些女兵穿着军装，背着斗笠，头上剪成鸭尾巴一般。她们边走边向周围的妇女发送传单。

前面一大群人站着听演讲，周莲抬头看过去。一个穿长衫的人在讲话，很像梅清。她眼睛一亮，挤上去。挤到正面，她发现原来不是梅清，只是身材有点相像。

周莲回到家，正在厨房烧菜。小莲歪着头问："妈妈，爸爸会回来吗？"

周莲看了她一眼，没有说话。小莲继续问："爸爸也是革命军？"

"别烦了，去照看小弟弟！"

小莲摇着周莲的胳膊撒娇地说："你说呀，爸爸是革命军？"

周莲看着她，点了点头。小莲高兴地跑到前面屋子去了。周莲又陷入沉思。

不一会儿，周莲端着饭菜到客厅，让小莲摆上筷子准备吃饭。这时，立群满头大汗地跑进来说："妈妈，爸爸回来了。"

"什么？"周莲吃惊地问道。

　　立群擦了擦头上的汗说："爸爸回来了，我看见他在总工会。"

　　周莲眼中充满了泪水，再次询问立群："你没有看错吗？"

　　"怎么会错呢！他还跟我说话了，'回去告诉妈妈说我晚上回来'。"立群说完，就跑过去盛了一大碗饭。

　　小莲和小清两个人在饭桌前，闹着说要挨着爸爸坐。周莲不知道在想些什么，说："别烦了，谁知道爸爸回不回来！"

　　门轻轻地推开，江梅清走了进来。立群忽然站了起来，正要叫"爸爸"，被梅清用手势制止了。然后，江梅清有意捉弄周莲，学她的口吻："谁说我不回来啊！"周莲吓了一跳，回头来惊喜交集，一时间也不知道说些什么。两个孩子跑了过去。梅清抱了抱小莲，又抱起了小清，用胡子亲昵地扎了扎。

　　周莲深情地望着梅清说："梅清，你变多了。"

　　"变了吗？"梅清放下小清，两只手按在周莲的两肩上，"也让我看看，你啊，你还是那样好看！"

　　"你的心，也变了。"

梅清说："是吗？世界变了，大家都得变。你也变一变，好不好？"

"我……"周莲轻轻地摇了摇头。

"不，不是变坏，是变好。变得革命一点，懂吗？"梅清忽然想起似的，"小莲，拿把剪刀来。"

梅清拿着剪刀对孩子们说："来呀，给妈妈变一变。给妈妈剪个革命头，好不好？"

梅清让儿子、女儿把周莲按着，剪了周莲的发髻。

周莲又急又羞，推开梅清跑到镜子前面去看了一下，佯怒："这怎么见得人！"

"怎么见不得？你看，多时髦！"梅清拿起梳子边给周莲梳头边说。

周莲娇气地说："你呀，你一回来，全家就别想安静了。"

一家人热热闹闹地坐在一起，团团圆圆地吃着饭菜。

二

在梅清回来的这一年，长沙变了，世界也变了。梅清在总工会的工作也更忙了。梅清在大街上给乡亲们演讲，向群众传播着马克思主义思想，带领着老百姓上街游行。立群也参加了儿童团，整天跟着工会、农会在外面斗争土豪劣绅。第二年开春，大家来到郊区庆祝上海工人起义胜利，比过年还热闹。

1927年4月，蒋介石背叛了革命，长沙的局势突然紧张了起来。梅清天天在总工会里面加班加点，废寝忘食地为革命工作。工会里正在讨论着当前局势时，国民党的军队在城里架起了机枪。

总工会那边火光冲天。梅清家里，周莲焦急地等待着工会那边的消息。

天刚亮，梅清和一个工人装束的人走进来。小莲喊了一声"爸爸"，梅清连忙出手制止她，低声说："国民党叛变了，你们知道吧。组织上决定，让我离开长沙。"

"这就要走？"周莲满含泪水。

梅清摸着小莲的头，说："你们放心，他们抓不到我的。"梅清喊来和他一起进来的人，对着周莲继续说："我走了以后，老陈会来帮助你们的。这以后你的担子会更重了，我相信你担得起来的。"

周莲抹着眼泪去屋里给梅清收拾包袱。周莲把包袱交给梅清，特意拿出一瓶药丸说："记得每天吃，别忘记了。"说完扭过头就哭了起来。梅清用手把她的下巴抬起来，微笑说："你看，我没走，你就哭了！"

梅清依依不舍地告别了家人。

傍晚，一间破茅草屋旁边，小清吵闹不休，非要吃烧饼。小莲又急又恼地拉着他。忽然，一个人拍了拍小清的肩膀，递给他们一个烧饼。小莲抬头一看，激动地喊道："陈叔叔。"老陈低声地问道："妈妈在家吗？"小清点点头，带着老陈来到旁边的茅草屋中。

老陈坐下来对周莲说："党组织知道你们很困难，叫我来看看你。你有什么要求？"

"没有，什么困难也没有，我就是想要知道梅清的消息。"

"他在汉口呢！"

"能去找他吗？"

老陈把孩子支走，说："还是不要去吧，汉口那边比这边更凶，正在风头上。"

周莲站起来激动地说："那我更得要去了，我不能让他一个人担风险。这些天我什么都想了，不论出了什么事情，我都能担得起来。不管怎么样，我一定要去找他。"

"那好吧，我和组织上商量一下，再送你们走。"老陈沉思了一下。

天气慢慢冷了，周莲一家四口坐上轮船去武汉找梅清。

汉口，到处张贴着"肃清祸国殃民的共产党……"之类的横幅。上了刺刀的国民党军队在街口站岗。周莲不敢多看。

天色已经黑了，周莲带着三个孩子，走到龟山脚下的一所房子，轻轻地叩门。小莲回头警惕地看看身后。

一个人说："谁？"

周莲说："电报局的三老爷在家吗？"

门"吱呀"一声打开了。一个青年人望了他们一眼，让他们进去，关上门问："你们是？"

"长沙来的，有信。"周莲从口袋里摸出张条子说。

青年人看了一下，也不多讲，只说："快上楼！"楼梯上走下来一个戴呢帽、穿长衫马褂的人和一个穿西装的人，迎面碰上他们，两个人都怔住了。穿马褂的人是梅清，穿西装的是孟涛。

小莲首先奔上去喊道："爸！"小清也很快认出自己的爸爸，走上前去。

梅清对周莲深情地说："你们到底找来了。"

几个人回到房间里。孟涛说："老江，他们来得正好。这样，反倒像个正式的家了。"

周莲似懂非懂。梅清笑了。

孟涛说："就这样，你今天别出去了，你们团聚一下。我明天再来。"

三个孩子横卧在一张床上。梅清抽着烟，对周莲低声说："这儿是机关。有些同志要来这儿开会。敌人也想千方百计地破坏这地方，怕不怕？"

周莲觉得这句话把她看低了，有点抗议似的说："怕？怕什么啊，要是怕，就不从长沙来汉口找你了。"

梅清说："我不是早就说过你会变嘛！现在怎么样。"周莲笑了笑没有说话，梅清握着她的手继续说："你还会变的，你可以帮助我们做很多事情，看门、放哨、照看照看机关。今天不早了，明天再说吧。"

周莲看见桌上的一瓶药丸，是临走时给他的那瓶。周莲看了一下，一颗也没有吃，有点生气地说："你看，叫你别忘记了，别忘记了，你偏偏的……"

梅清说："我这个病啊，吃药没有用。"虽然这样说，他还是听话地取出一粒吃了，吃完，还做了一副难吃的怪样子。周莲又爱又恼，连忙给他倒茶。这时，小清一脚把被子踢开了。周莲回头去给她盖好。

梅清一家人又生活在了一起。周莲担任了为中共汉阳县委机关警戒内勤的工作，小立群也主动要求担任县委的小交通员。一家人在峥嵘岁月里将生死置之度外，为中国的革命事业奔忙劳碌着。

大雪纷飞的一天，汉口的同志们都来到县委机关开会。所有人围在楼上的八仙桌旁，桌子上放了一副麻将作为掩护。

在门口负责警戒的周莲，看见一个人提着煤油灯向院子走来。周莲连忙用竹竿在门板上捅了三下。楼上，正在开会的人立马警觉起来，立刻装作打牌的样子，孟涛把手里一张写得密密麻麻的小纸条放在烟灰缸里烧掉。

这时，敲门声响起，周莲赶忙把门打开，说："啊，徐甲长，大雪天还出门？屋里坐。"

"不，不，上面有命令，叫每户准备一口大缸，一盏油灯……"

"做什么用啊？"周莲问。

"装水吧，装米吧。管他，这是上面吩咐的公事，反正用得着。"他又去通知别家了。

梅清站在楼上阳台问周莲什么情况，她把方才的经过讲了一遍。梅清他们知道国民党已经察觉他们的计划了，打算提前行动打国民党一个措手不及。

这时，立群慌慌张张地跑上楼，走到梅清面前，边喘息边说："十六号被破坏了！我差点给抓住了，里面有警察守着。"

孟涛果断地说："快，大家立刻分散，分头去通知和交通站有联系的机关。"

大家都站起来，准备离开时，梅清忽然想起什么，说："十六号现在出问题了，《长江报》很危险，他们之间有直线联系。报纸是党的重要武器。"说完，系上围巾就跑了出去。

半夜，在《长江报》的地下印刷所，梅清边咳嗽着边帮同志们搬运物品。梅清看着机器被送走之后，来到屋里对印刷所负责人老梁说："老梁，印刷机由你负责掩护，马上出发。不管外面有多乱，没有上级的指示，绝对不能行动。你先走，我把文件销毁了就走。"

老梁刚出门就听到警察砸门的声音，赶忙重新跑回屋子，拉起梅清就跑。他们跑出门口的时候，刚好碰上一个警察。在与警察的搏斗中，梅清被打昏了。

医院病房里，医生告诉老孟，病人梅清的心脏受了点损伤。周莲急急忙忙跑进病房，伏在梅清的病床上。梅清醒来第一句话就是问《长江报》的情况，老孟告诉他《长江报》的印刷机和同志们都很安全。梅清松了一口气。梅清换上那种开玩笑的口吻对周莲说："怎么，怕我会死吗？不会的。"梅清喘了一口气继续说："可是，革命总免不了牺牲。如果我真的死了，你们也要好好地活下去……"说完，就闭上了眼睛。周莲大骇，大声地叫他的名字，但怎么叫梅清，他都不答应。老孟赶忙出去叫医生过来。医生进来看看，就让护士给病人盖上了白布。周莲看着这一幕如五雷轰顶一般,跑到病床旁哭喊着:"梅清!梅清!"

周莲家中,周莲趴在桌子上失声痛哭。孟涛站在旁边慢慢地劝解道:"坚强一点,梅嫂。光悲痛是没有用的,把孩子带大,把孩子交给革命,这是你的责任。你的家庭,就是我们的家庭,党会照顾你们的。"

周莲止住了哭声,重重地点了点头。

孟涛接着说:"梅嫂,汉口破坏得厉害,党组织决定送你们到上海去。明天,同济会的同志会照顾你们,送你们上船。到了上海,你会找到我们的人。"

周莲含着泪水点点头。

三

周莲带着三个孩子来到上海。在上海霓虹灯照耀的马路上,立群睁大眼睛,东张西望地看着繁华的夜景。不久她们四个来到一条小胡同里,在32号门牌的门口停住,立群上去敲门。不一会儿,从里面走出一个涂脂抹粉的中年女人盯着她们四个打量一番,问道:"你们找谁?"

"找一位金先生,教书的。"

里面跑出来一个上了年纪的男人,同情地看了她们一眼说:"快走吧,姓金的出了事,两个礼拜前,被巡捕房抓走了。"

周莲一家人从此流离失所。

天无绝人之路,立群和小莲都进了工厂做了童工,一家人的生活总算安顿下来了。周莲每天都上街,希望能找到共产党员。

工厂里,立群勇于同一切压迫做斗争。在一位中年工人老李的帮助下,他加入了共产党领导的工会。

一天晚上,老李和另一个穿长衫的知识分子型的人,就是从前

《长江报》的赵侃,坐在周莲的家里。立群正在讲着他过去同土豪劣绅斗争的事情。赵侃对老李说:"这就叫初生牛犊不怕虎啊!老李,咱们的希望就在这儿。"赵侃拍了一下立群的肩膀接着说:"我在汉口的时候,碰到过好多比你还小的小革命。"

"你到过汉口?"立群连忙问道。

赵侃点点头。

"哪年?"

"汪精卫叛变那一年。"赵侃说。

立群抢着说:"那年我们也在。"

小莲跑过来说:"你认识江梅清吗?"周莲紧张地喊了一声小莲。

赵侃吃惊地站起来问:"你,他是你的……"

立群骄傲地说:"他是我爸爸,汉阳总工会……"

这时,两位客人同时兴奋起来。赵侃对着周莲问道:"你是梅嫂子吧!我叫赵侃,是《长江报》的。组织上知道你们到了上海,可是,一直找不到你们。"

周莲激动地说:"可算找到你们了,这些时候,我就像是没娘的孩子一样。这就好了,这下子我就有了依靠了。"

周莲带着小儿子小清去了上海省委机关工作。立群和小莲兄妹两个在日本资本家开办的纱厂里做工,他们积极参加红色工会组织的罢工和示威斗争。由于工作的需要,周莲一家很长一段时间才能相聚一次。每次他们相聚的时候,都是在讨论着怎么同敌人斗争。

五一劳动节,共产党领导人民群众上街游行,立群和小莲冒死将红旗送到游行队伍中去。这次游行取得了很大的胜利,但是从那以后立群就没有一点消息。不久,周莲被组织上调去了另一个机关。周莲化装成一家大商行的太太,小莲是小姐,小清是小少爷。

卧房里,小莲穿着好看的衣服,坐在梳妆台前,一手拿着高跟鞋喊道:"妈妈,我不想穿。"

"我也不想这样,但是党需要咱们这样做。"

这次小莲没有顶嘴,扭过头来,看着镜子里自己的样子,捂着脸说:"妈,要是哥哥回来,看见我这个样子,一定会说……"

周莲不等她说完,眉头紧锁地说:"谁知道你哥哥在哪儿呢?"

周莲母女正在屋里说话的时候,门铃响了。小清一身少爷装扮,搬着凳子向门口跑去。他站在凳子上从门上面的圆孔向外看,然后回头说:"自己人,小王哥哥。"

周莲从门洞看了看,轻轻地打开门。门口的交通员小王向她点点头,然后对外面做了一个手势。一个穿着西装、戴着墨镜的青年走了进来。随后小王进来说:"交给你了。"说完两人一同走进客厅。

小莲吃惊地看着刚走进来的人。这个人脱去帽子,取下眼镜,原来就是很久没有消息的立群。周莲简直不敢相信自己的眼睛,神情呆滞地站在那里。立群喊了一声:"妈妈。"然后紧紧地抱住周莲。

随后,一家人坐在沙发上。立群告诉他们:"我去了苏联,到苏联去开国际青年工人代表大会。苏联真好啊,都是工人当家,没有剥削,更没有外国巡捕。妈妈,总有一天我们也会是这样的。"

立群深情地望着周莲说:"妈妈,我还得走。"

"上哪儿去?"周莲急切地问。

立群调皮地笑着说:"这可不能说。"

小莲插嘴道:"别卖关子了,告诉你,妈入党了。"

"我早知道了。'小姐',这在党内也得守秘密。"立群调皮地说。

这时,小清跑了过来,拉着立群的领带说:"我不让你走,我不让你走。"

吃过饭之后,立群告诉妈妈说,他要到中央苏区去。周莲为儿子感到骄傲,希望他在苏区一切都顺利。

不久后的一天,小王着急忙慌地跑了回来,说:"江妈妈,你镇定一点,立群他出了事了。我和立群同志一起去开会,刚出弄堂口他就被捕了。"

周莲无力地靠在墙上。小王扶着她，说："你，你镇定点，机关被破坏了，这个地方不保险。你赶快准备一下。"说完，急忙上楼去了。

楼上，小王帮着三个地下工作者在收拾东西。一个人把文件丢在壁炉里，点火烧掉，一个人从墙上挂的镜框后面取出一份文件。这个机关的负责人老刘想起了什么似的，问来人："那么，你看，苏区来的交通员几时能到？"

小王说："按理说，快到了。"

"咱们转移了，要是接不上头，或者撞到这里来，不是……不行，会出大毛病。"

小王急切地说："反正，你们得赶快离开，我在这里顶两天。"

老刘想了想，说："你不合适。"

门口，周莲听到了他们的谈话，推门进来说："老刘同志，你们快走，我在这里顶两天。"大家觉得这倒是可行，但是老刘还是觉得不太合适，说："梅嫂子，你拖儿带女的……"

"拖儿带女的，反倒容易对付些。你们快走吧。我有办法！"

老刘沉思了一会儿下定决心说："好吧，梅嫂，你的责任可不轻啊，为了中央与苏区的联系……"

周莲打断老刘的话，说："你快走吧，不要紧。要是真出了事，你放心，就是打死我，我也不说。"

老刘和她紧紧握手，然后对小王说："你和梅嫂子保持联系。"

老刘从口袋里拿出一封信，沉重地说："梅嫂子，中央苏区来人，你就把这个交给他，要是三天没来，就把它烧掉，你立刻搬家。你要特别小心。"

送走老刘后，周莲回到卧室，坐在床上沉思着。忽然，门铃响了，门口冲进许多巡捕。

周莲一边阻碍他们上楼,一边大喊:"强盗,强盗!"这时,小王和另一个地下党员正在书房销毁文件。

巡捕将周莲押解回卧房,其他巡捕正对着书房砸门。不一会儿,书房传来打斗的声音,看管周莲的巡捕也过去帮忙。周莲趁此机会,将小莲和小清送出大院。周莲回到卧房,沉着地将刚才老刘交给她的信烧掉。

在监狱里,敌人妄图以立群和周莲的母子之情诱逼周莲供出共产党的机密。周莲忍受着即将失去儿子的剜心之痛,装作不认识立群。恼羞成怒的敌人,残忍地将立群杀害了。

立群临死前给母亲写下遗书:

> 亲爱的妈妈,看来,我们要永别了。你不要伤心,保重身体。妈妈失去了自己的孩子,是悲痛,但是,你只要想一想,这不过是为了千千万万个妈妈和孩子的幸福。

1937年,中国人民抗日战争全面爆发。国共两党再度合作,共同抗击侵略者。国民党被迫释放了政治犯。周莲走出了监狱,同小莲、小清一同被党组织送到了延安。这个备受创伤、久经考验的革命家庭以新的姿态生活下去。

影评选粹

凝练·人物性格突出·抒发情感

编剧以凝练的笔触、简洁的语言,集中描写这个家庭四别四聚的悲欢离合,始终把人物放在最尖锐的矛盾之中,这样不但令周莲,其他如江梅清,太倔的立群,太娇的小莲,就连刚刚懂事的小清的性格,都鲜明突出,令人难忘。

影片以简洁、明快、细腻和含蓄的电影语言,将抒情与壮烈融为一体。梅清与妻子的诀别,立群即将就义之前母子之间流露的深

情,以及立群壮烈牺牲等场景,都生动感人地抒发了人物之间的浓情,歌颂了革命者视死如归的豪迈气魄,表现了革命的悲壮。

精彩回放

小清站在凳子上从门上的小孔看外面的来人。小王带了身着西装、眼戴墨镜的立群进来了。这真是一次让人意想不到的重逢!立群抱着小清亲了又亲。小清嚷道:"妈妈,他长胡子了!"小莲双手直打立群,兄妹两个扭做一团。周莲说:"你一回来,家里就热闹了。"带着父亲性格的立群的形象,就树立起来了。这一句话里又包含着多少回忆啊!从这里,我们看出这一家人的成长,父亲的性格在儿子身上重现,父亲的革命精神也由儿子继承。

白毛女

> 红军一到,这世界可就变了样了。
> ——赵大叔告诉喜儿和大春

影片档案

出品:长春电影制片厂
编剧:水 华 王 滨 杨润身
导演:王 滨 水 华
主演:田 华 李百万 陈 强

荣誉成就

乔治·萨杜尔的《电影艺术史》称赞《白毛女》是一部"动人心弦的现实主义"作品。《白毛女》当时在全国20家影院首映的第一天，观众即多达47万人。苏联于1951年在全国30个大城市举办中国影片展览，观看《白毛女》《钢铁战士》等片的观众达到了1 200万以上。

除此之外，《白毛女》还荣获第六届卡罗维发利国际电影节特别荣誉奖，以及文化部1949—1955年优秀影片一等奖。

影片史料

国民党新旧军阀连续不断的混战，给广大人民群众带来了深重的灾难。战争造成的巨大人力、物力消耗，使农村劳动力锐减，苛捐杂税剧增。战祸所及，数以千万的农民流离失所、饥寒交迫，挣扎在死亡线上。而地主阶级占有良田，任意驱使农民为自己进行无偿劳役。他们与腐败的政府相互勾结，私设公堂，草菅人命，制造了一起起骇人听闻的人间悲剧。

地租，指土地所有者依靠土地所有权，从使用其土地者那里获得的收入。不同的社会形态体现不同的生产关系。封建地租是封建地主所占有的农民的全部剩余产品（甚至包括一部分必要产品），体现封建地主对农民的剥削关系。

剧情故事

一

晴空万里，一个炎热的下午，佃户赵大叔站在一棵大树下抱着放羊鞭子，不禁唱了起来：

　　清清的流水，蓝蓝的天，
　　山下一片米粮川，
　　高粱谷子望不到边，
　　黄家的土地数不完。
　　东家在高楼，
　　佃户们来收秋，
　　流血流汗当马牛；
　　老人折断腰，
　　儿孙筋骨瘦，
　　这样的苦罪没有头。

抬眼望去，只见齐腰的谷子垂下头，棒大的高粱瞪着眼，整整齐齐，一望无际。这都是恶霸地主黄世仁的田地。黄世仁为人阴险狠毒，残酷地剥削着当地农民。

农民杨白劳腰痛得实在挺不住了，把镰刀撑在地上，歇了好一会儿，才慢慢地扶着腰站起来。他用头上的毛巾擦了一把汗，呼唤着自己的宝贝女儿："喜儿，晌午了，别割了，看把你累倒了。"

齐腰的谷丛里，喜儿用镰刀背在额上一刮，汗水顺着镰刀流下来。杨白劳顺手把手巾丢过去。喜儿擦完汗，把手巾缠在胳膊上说道：

"爹，你先歇着吧，我把这一垄割完了。王大婶也该捎饭来了。"

正说着，只见王大婶提着两个罐子过来了，碗里盛着干粮。杨白劳和王大婶在一棵树下放好罐子。喜儿赶紧跑过去将大春喊过来吃饭。王大婶抱怨喜儿干活太卖力，手上都磨出了泡。大春边吃边说："后晌，你们谁也别下地了！"喜儿感激地看了大春一眼，低头吃着饭。

这时，赵大叔抱着羊羔过来了。他和杨白劳闲聊的时候，提起了喜儿和大春的婚事。大春和喜儿听了这话害羞地走开了。王大婶内疚地说，自己家太穷了，过门的时候，就怕连件红棉袄也买不起，委屈了喜儿这好孩子。

杨白劳不介意地说道："大春这孩子好啊，喜儿跟了他，受不了罪。"于是这件事情就这样定下来了。

黄世仁和穆仁智坐着马车过来了。黄世仁看上了喜儿，一心想把喜儿抢到手。回家之后，黄世仁让穆仁智把杨白劳家的账查一查。经过清查，穆仁智发现杨白劳共欠账二十二块五毛。如果按往常的规定，到腊月门上才满期。

黄世仁不满地把账本一摔。穆仁智立即明白了黄世仁的心思，于是讨好地说道："少东家，这事交给我，到了腊月门上，我一定叫您见人就是了。"

迎风阁上，黄老太太正在闭目养神。穆仁智告诉黄老太太："托老太太的洪福，今年咱黄川真是百年不遇的好年景。"黄老太太有兴致，想看一看。黄世仁急忙扶她到窗口。

黄世仁骄横地说道："娘，你使劲往远处看，你眼睛能看到的庄稼那都是咱黄家的。"黄老太太冷冷地说道："今年佃户收的粮食多，多年的旧账该和他们清一清了。"穆仁智谄媚地回答道："老太太放心吧，今年可不能放过他们。"

黄家收租的院子里，穆仁智坐在方桌前。老五叔把谷种都交了租子，但是仍然缺少七升五。老五叔颤巍巍地走到穆仁智跟前说道："穆先生，这陈新旧账要一锅清，我实在交不起，这不是，我把谷种都交了。"

穆仁智阴险地说道："你也不用求我了，咱们来个一刀切，你把租契拿来吧！"老五叔愤怒地说道："你们抽筋剥皮吧！我伺候了你黄家一辈子，今儿短你七升五租子，你就不让我活了！"他奋力地把簸箕一撒说道："好，我给你把租契拿来。"悲痛交加的老五叔离开不久就跳井自杀了。

轮到杨白劳了，他只欠三石五。他由于一时还不起，便转成欠账。穆仁智狡猾地说道："杨白劳，春天借的六斗谷子再转成账，加二斗利，折洋两块五。"

穆仁智翻着账本继续说道："再加上原先欠的二十二块五，你这就共欠二十五块了，还是按三分行利，到腊月门上期满。"杨白劳只能无奈地答应了这个无理的要求。这时，他还没有意识到自己已经伸长脖子，钻进了黄世仁和穆仁智设置的圈套里了。

严冬傍晚，山峦呈现一片银灰色，山阴处白雪皑皑，松树上已压着一层白雪。大春在山腰打柴，下身穿了棉裤，上身却依然是夏天的那件布衫。山风呼啸，寒风逼人。大春不得不咬紧牙关，使出全身力量，脸上不断地渗出豆大的汗珠，头上冒着一层蒸气。

喜儿正在沟里使劲驮柴，也是满头大汗。大春从山坡上下来，帮喜儿把担子上了肩。两人担着小山般的柴，一点一点地从山坡上往下走，吃力地走回了家。

杨白劳背着豆腐挑子回来了。他很高兴，今天二十斤豆腐卖了四吊钱，四两卤花了二百，还剩三吊八。杨白劳疼惜地说道："可怜两个孩子拼命干了一冬，挣的钱都在这里了。这真是骨头里熬油呀！腊月门上这关总算又熬过去了。"

年集上人来人往，呈现着一种过年喜庆的气氛。一小杂货摊上，挂着红绒绳、梳头用的发网……杨白劳伸手捋了红头绳，仔细地看着。最终，他从贴身的口袋中掏出钱来递给杂货摊的老板，卖杂货的递给杨白劳一个纸包和一扎头绳。杨白劳将买的东西轻轻地放在褡裢里。

大春出神地望着一个满插着绒花的草把，想着如果喜儿见到一定会很开心。他从腰里掏出六个铜子，卖花的摘给他两朵绒花。大春把头巾解下，吹了吹，把花包在里面。街尾桥头，杨白劳把褡裢交给大春，说："你先回去吧，我到黄世仁家还了债就回来。"

杨白劳家的新房里，喜儿喜气洋洋地坐在炕上剪着窗花。她高兴地边剪边唱：

  北风吹，雪花飘，
  风天雪地两只鸟。
  鸟飞千里情意长，
  双双落在树枝上。
  鸟成对，喜成双，
  半间草屋做新房。

满脸红晕的喜儿，打开剪纸，是对鸳鸯。她立即把它贴在洁白的窗上，回身从桌上又拿起"喜"字。大春走到炕前，打开头巾，把绒花放在炕上。喜儿还有点羞赧，微低着头站在那里。

大春指着炕上的褡裢说："杨大伯给你捎回东西来了。他去黄世仁家还债了，一会儿就回来。"喜儿翻动褡裢，掏出红头绳和纸包，急忙打开，羞得抬不起头来，原来是上头用的发网。喜儿瞅了瞅大春，大春知趣地出去了。

看到大春出去以后，喜儿拿了镜子、梳子、发网、头绳到新房里去。她在炕上把镜子放稳，甩过辫子，剪刘海，一片乌黑的头发披在背后。梳红绒绳，扎发根，双手一挽，盘好发髻，侧身对着镜子，戴好发网，插上绒花，喜儿又羞又乐，高兴得抬不起头来。

黄世仁家大厅灯烛辉煌，气势慑人。杨白劳颤抖地从布口袋里掏出银洋，恭恭敬敬地放在桌上说道："少东家，这是七块五毛钱，今年的利钱我是一个不短啦！"

穆仁智凶狠地说道："杨白劳，你装什么糊涂？秋天收租的时候我不是和你说得清清楚楚，腊月门上要你本利全清，怎么这会儿你光送来了利钱。"黄世仁接着说道："老杨，我今年是本利全收呀。咱们当面交钱，立地勾账；你要没有带够，那还是赶快去想个法子。"

杨白劳着急地说道："少东家，这七块五毛钱还是我跟孩子一冬拼着命挣来的。你今天要我连本还清，就是砸碎了我的骨头，我也拿不起呀！讲句良心话，我种你老人家的地，每年打的粮食，还不够交你老人家的租子，还你老人家的账啊！"

黄世仁阴险地说道："欠债还钱，年底清账，这是自古以来的老规矩。何况你的这笔账还是历年欠租积累下的老账！杨白劳，人也得讲个良心！"

杨白劳惊呆了，气得说不出话来了。黄世仁示意穆仁智赶紧下圈套。穆仁智会意地说道："老杨啊！少东家给你指条阳关大道，把你的喜儿领来顶账。"

杨白劳一惊，跪在黄世仁面前苦苦哀求："少东家，这可不行呀……"狠心的黄世仁根本不理不睬。

黄世仁把桌子一拍，"不要和他多说了，快给他写文书，叫他明儿把人送来！"杨白劳转身站起，"我找个说理的地方去！"穆仁智拍案，"哼，上哪儿说理去，少东家就是二县长，黄世仁家就是衙门口。你上哪儿说理去？"黄世仁跟着吓唬杨白劳："哼，三州五县，叫他去走走试试！"

这时穆仁智已经写好了文书：

  立约人杨白劳，欠东家大洋二十五块，因家贫无法偿还，愿将亲生女喜儿卖给东家，以人顶账，两相情愿，决不反悔，空口无凭，立此为证。

  立约人：黄世仁、杨白劳

  中　人：穆仁智

  穆仁智硬拉着杨白劳让他按手印。杨白劳又急又气，浑身颤栗着苦苦哀求黄世仁。黄世仁不耐烦地一脚踢倒杨白劳，说："把他捆起来，叫人把他送到县衙门去。"恍惚中，杨白劳的手被拉过去，被人强行拉着按了手印。

二

  按下手印之后，惊吓过度的杨白劳被推出黄府门外，失魂落魄地回了家。喜儿连忙扶爹爹在火盆前坐下烤火。他不忍将实情说出，只得骗大家说已经把债还清了。王大婶高兴地说道："这一下可把心里的一块石头放下了，好不容易把财主又顶挡过去了！大家都到里屋吃饺子。"杨白劳听了不由自主地落了泪，看到手指上的墨迹，吐上点口水，迅速擦去。

  杨白劳家的新房里，赵大叔又在讲红军的故事：

  "民国二十三年，我被财主家逼得实在活不成了，我就奔黄河西去了，到了陕西保安县马家沟。一天黑夜，我正要脱鞋上炕，忽听见伙计说，红军来了。大伙到街上一看，一个个年青后生，头上戴着八角帽，红五星，精神十足，威风凛凛的。红军一到，这世界可就变了样了。一把火烧了压在大伙背上的文书老账，接着分了地主老财的地，家家户户有了地种。那时我走到谁家，谁家都拉着我吃饺子。这真是开天辟地，我头一回看见有这么个地方，佃户们都熬出了头，见青天了！"

  大春惊喜地问道："这地方离咱们这儿多远哪？"赵大叔告诉他，过了黄河就到了。喜儿不解地问道："红军怎么不到咱们这儿来呀？"赵大叔用期盼的语气说道："天不转地转，总有一天会来的，

075

等着吧。"说完，他高兴地摸摸胡子。大春和喜儿还希望大叔再说，出神地看着他。

大家都走了以后，杨白劳的心抑制不住地翻腾起来，他怎么能睡得下？于是他告诉喜儿说要守岁。喜儿掏了把柴火，把火加大，把爹扶到火边坐下。自己坐在爹身边的蒲团上，她要陪着爹爹一起守岁。

杨白劳看看怀里的爱女，眼泪盈眶。他抚摸着睡在腿上的孩子，眼泪噼里啪啦地掉下来，就像断了线的珍珠一样。杨白劳扶起喜儿上炕睡觉。喜儿完全像个孩子似的，一骨碌倒在炕上，撒娇地等着爹爹盖被。杨白劳给她把被盖好，喜儿含着微笑睡去。

杨白劳抚摸着女儿，心痛如绞。他心里默默地念叨着："喜儿！爹对不起你呀！她王大婶，老赵兄弟，我在文书上按了手印啊。喜儿她娘啊！你临死的时候说，好歹要把喜儿这孩子拉扯大。我把她拉扯大了。喜儿风里雨里跟我受了十七年罪，今儿个我把她卖了，明儿财主家就要把人拉走！"

杨白劳夺门欲出，外面风雪扑来。他依稀看到黄世仁凶恶的脸，犹如听到穆仁智的声音："少东家就是二县长，黄世仁家就是衙门口，你上哪儿说理去？"杨白劳激愤欲绝，靠着门发呆。突然他奔向灶台上的卤水罐，抱起卤水罐，一仰喝下。卤水罐落在地上打破了。

杨白劳打开门，风雪扑面。他回头看到喜儿被子又薄又破，便脱下棉袄，给喜儿盖上。这时卤药发作了，他挣扎着向黄世仁家走去。他嘴里不断念叨着："黄世仁，你要我死，我死了也不饶你……我死到你黄世仁家大门口去……我死到你黄世仁家大门口去！"

终于看到黄世仁家了，他满眼充满仇恨，挣扎着向前走。老实本分一生的杨白劳满含愤恨地盯着黄世仁家，慢慢地，痛苦地倒在雪地上。

天地间寂静无声，只有雪仍在下。

大年初一，天还没大亮，王大婶换了件干净褂子，到天地爷面前敬香，挂红。喜儿刚醒，王大婶已推门进来。喜儿觉得屋里有异样，发觉爹爹的棉袄在，而他人却不见了。就在大家慌作一团的时候，村外奔来一人告诉他们，有人看到杨白劳大伯死在村外。

这时穆仁智带着打手走了过来。穆仁智假惺惺地说道："大伙帮忙给他料理料理后事吧。喜儿，跟我到黄家去求口棺材吧！"大春走上前来问他这是怎么回事。穆仁智将早已盘算好的阴谋抖了出来："趁着大伙都在跟前，我就把话说明白了。这是杨白劳昨晚给少东家写的文书，哪位帮忙给念念。"

李栓被迫无奈地读道："立约人，杨白劳，欠东家大洋二十五块，因家贫无法偿还，愿将亲生女喜儿卖给东家。"喜儿"哇"的一声大哭，回头又抱着王大婶痛哭。王大婶也伤心欲绝。大春想上前拼命，但是被大家拦住了。

喜儿哭喊着求大叔大婶给她做主。几个长辈走到穆仁智跟前求情说："穆仁智先生，你千万行行好，可怜可怜这少爹没娘的孩子！老杨伺候了黄世仁家一辈子，就掉下这么个丫头。你行行好！老杨不就是欠少东家的钱吗？那叫她婆家给顶起来，我们大伙都给她作保……"

王大婶甚至给穆仁智跪下，乞求道："穆仁智先生，你行行好，叫我这孩子成个人家吧！他杨白劳家欠多少钱，我给他还，你要不相信大家，我家还有两间破房子押给你！"

穆仁智假装为难地说道："你跟我说这些话有什么用？我又做不了少东家的主！少东家吩咐了，马上要把人带走，你们有话找少东家说去。"

大春和大锁上前劝阻。穆仁智又恢复了一贯的恶霸嘴脸，凶狠地说道："你们造反哪！今儿喜儿走也得走，不走也得走！你们谁要不想活了，谁出来挡挡看！谁要不服气就到县上去打官司！"

这时,打手逼开众人,眼见着就动武。赵大叔无奈地说道:"打掉了牙往肚里咽。喜儿,来,给你爹磕头!"喜儿走近爹爹,看着大家。群众低头忍气吞声,一个个都眼泪哗哗的。

打手拉着喜儿就走。喜儿回头哭喊着:"大叔!王大婶!爹呀!我可不去呀!"大春激动得满面眼泪。好几个人拉着他。王大婶软瘫地坐在地上哭了起来。

黄家大院里,黄世仁捧着茶碗,向喜儿身边凑近。喜儿抗拒地一回身,把穆仁智手里的点心盘子撞倒在地上摔碎了。这时张二婶刚好进来,她机智地说道:"少东家,老太太叫我领这孩子去瞧瞧。"穆仁智讨好地说道:"少东家,出不了三天,保她顺从!"

下房里,喜儿坐在炕沿上还在抽泣。张二婶在亲切地劝说着她。张二婶告诉她,自己是西边张家村的,到黄世仁家来也是做活顶账的。还说喜儿她爹前年腊月还到自己家里躲过账。

张二婶继续说道:"忍着点,熬上个一年半载的,咱们再想个法子,出了他黄家,还能和你女婿成个人家过日子。"喜儿伤心地扑在张二婶身上哭泣。张二婶亲切地告诉她:"以后在黄家有什么难处,我一定会照顾你的。"

天还没有大亮,王家窗上还有稀薄的月光。大春正在炕上瞪着眼睛,一夜也没脱衣睡觉。王大婶忧愁地坐在炕上。灾难使这个老人腰弯着,头快耷拉到膝下了,几绺白发散垂着。

风吹得窗上的破纸"哗哗"响,王大婶两手在无力地搓着谷种。少顷,她慢慢抬起头来说道:"孩子,还得盘算着点,咱家的日子还得过呀!"看着年老的母亲费力的动作,大春心里早就歉疚了,一听到这话,顿时眼泪满眶,起身下炕,拿上镢头出去了。

黄世仁家院里,喜儿在灯下为大春做鞋帮。黄世仁从窗上见到喜儿做活的影子,急忙推门而入。喜儿惊惧,急忙把鞋掖到身后被子下。黄世仁恼怒地问道:"你这是给哪个野汉子做的鞋?到我黄世仁家来偷人养汉,我看你是不想活了!"

喜儿愤怒地瞪了他一眼,出去了。黄世仁气急败坏地说道:"我看你是不见死人不落泪。不把你的路断了,你也不会死心!"于是他和穆仁智商量了一条奸计。

穆仁智领着几个打手带着锄头到了王大婶家地里。穆仁智用棍子一拨弄,盛开着的各色菜花立时纷纷折断躺下了!穆仁智恶狠狠地说道:"王大春,这块地少东家要抽回自己种了!"

王大婶伤心地垂着头,憋着气,胸口起伏。大春咬着牙,愤怒地看着穆仁智。赵大叔本来想开口,但想到现在还不是硬碰硬的时候,于是转回身向王大婶摊开手说道:"回去吧!"王大婶、大春憋着气往回转身。

佛堂小院映现出喜儿圣洁的身影,她正在给神灯添油。黄世仁打门缝里进来,走到喜儿身后,一把捉住她的两手。喜儿挣扎着回身。黄世仁把她推倒下去。喜儿百般挣扎,最终由于身单力薄,还是让黄世仁遂了心愿。

张二婶为喜儿松开绑着的手。喜儿愤怒若狂,撒腿就往外跑。张二婶使劲拉住她。喜儿挣脱不开,"扑通"给张二婶跪下说道:"张二婶,你要是疼我,你就让我去死啊!"张二婶扶着喜儿坐在炕沿上:"孩子,千万不敢往绝路上走呀。"

喜儿忽然看见枕边给大春做的鞋,一只还没有做完,不由地眼泪满眶。张二婶平静地安慰着她:"喜儿,你还年轻,往后日子还长呢!"喜儿拼命忍住眼泪,一句话不说继续做起了鞋。张二婶害怕了,嘱咐一个丫头看着她,自己偷偷跑到大春家商量对策去了。

张二婶赶到王家,一掀门帘,"啊,他赵大叔,你在这儿!你出来,我和你说一句话。"赵大叔立即走了出来。过了一会儿,赵大叔迈着沉重的脚步走到大春等人面前,用非常低沉的声音说道:"孩子给那恶霸地主糟蹋了!"

听了此话，大春好像是挨了霹雳，痛苦愤怒的火焰燃烧着他。他拿着一把斧头，就要往外冲。众人赶紧拦住他。张二婶唉声叹气地说道："唉，喜儿这孩子一个心眼儿就在大春身上，有了这事就要寻死上吊，我怎么劝也劝不过来，快想个法子吧！"

赵大叔听到喜儿不想活了，想到自己年轻时走过的陕北，于是高兴地说道："他王大婶，叫大春领上喜儿过黄河去！他二婶，你能不能把孩子领出来？"张二婶说："就怕喜儿这孩子不听我说，不如今晚上，我把后门打开，叫大春自己去叫她。"

赵大叔肯定地说："就这么的！他王大婶，给孩子们打点打点！"

二更天，大锁陪着大春向黄世仁家走来。黄世仁家后门，门闩没有插。小丫头领大春走进房来。喜儿一下立起，微侧着身子垂着头，止不住地流泪。

这时，黄家巡夜的走到后门前，看见门闩没有上锁，便大声呼喊着："家里进了贼了！"大春拉着喜儿就往外走。众打手闻讯包围了大春。喜儿让大春不要管她，自己先走。于是大春打倒打手，翻出墙去。大锁扶起大春，二人逃走了。

山豁下，王大婶、赵大叔听到枪声焦急地望着。大春、大锁气喘喘地奔来。赵大叔一下子明白了，果断地命令大春先走。赵大叔告诉他，见了红军，早点带他们过来，好搭救他们这些受苦的人。

黄老太太房里，老太太告诉喜儿："今天晚上，我叫你王大婶子来领你回家过日子去。这两件衣服，你拿回去穿吧！"喜儿看也没看，返身出来。

黄老太太盯着喜儿出去后，恶狠狠地对穆仁智说："你们可要和人贩子安顿好，好好地把她哄出了后门再下手，可不准在我家闹得哭哭啼啼的，叫人家知道了，我可不答应！"黄老太太的这些话，刚巧被前来送衣服的张二婶听到。

张二婶把黄老太太的话告诉了喜儿，并打算帮喜儿逃出黄家。

张二婶嘱咐喜儿："出去了,主意可得自己拿啦!怎么的也得活下去,等着你大春哥回来报仇!"说完,张二婶把后门打开,放走喜儿。张二婶告诉她顺着后山沟走。

山沟里,喜儿在山根下,回头看见后面灯火通明,知道黄家开始找她了。喜儿高一脚低一脚,拼命往前跑。黄世仁带着打手沿河边四处寻找。喜儿看见芦苇丛,赶紧藏在里面。穆仁智发现了喜儿的鞋子,就告诉黄世仁说喜儿跳河死了。黄世仁却要他继续寻找。

喜儿从苇地里出来,不敢顺沟里走,直奔上山,想翻到大山里。天刚微明,大山里草深齐腰。喜儿腰痛难忍,想找个合适的地方。她拼命往高处爬。半山里有一孔洞,喜儿咬着牙,挣扎着爬到了洞口,终于腰痛不支,一扑进洞就倒下了,辫子落在身前,头发全湿了。喜儿从痛苦的深渊里往外挣扎。

三

天已亮了,大春紧张地在小路上奔跑。山豁间一片深草,太阳要出来了,大春紧张地四顾,向坡上爬,渐渐看清一片深灰色的帽子、深灰色的军装。阳光下的红军战士英姿勃发,帽子上的红五角星闪闪发亮。大春使足了平生力量喊道:"我可找到你们了!"

再说死里逃生的喜儿,她虽躲过了黄世仁的追捕,但她孤身在深山中,受了不少苦,饿了许多天,终于她发现了奶奶庙。喜儿直奔奶奶庙里的供桌前,一眼看见有供物便急忙端起供盘,把供品倒在衣兜里,然后跑出来奔向山洞。春去春又来,弹指一挥间。恍惚间树木又全绿了,山里又是异常丰满和美丽。白发苍苍的喜儿注视着远方,眼睛盼得快滴血了。

山外风云骤变。卢沟桥事变爆发,日军开始大举进犯中国。大春骑在马上,高举着红旗,在一条大河里,带着队伍第一个冲到河东。西岸的八路军战士陆续下水,在深及胸部的水里渡河。大春从高处跳下,勇猛地刺杀了几个日本兵。山上红旗飘扬,山下四处火焰,大春在队列里目不转睛地望着山下家乡的方向。

大春带着队伍从山背上行进到村里来了。大春看见了赵大叔,赵大叔正抱着羊鞭子在山坡上探望。他赶紧跑过去,向赵大叔问好。赵大叔激动得直拍打大春结实的肩头。

听到大春回来的消息,原先藏起来的村民们纷纷走了出来。有人把王大婶扶了过来。王大婶一下看清了儿子,突然出了口长气,跌坐在地上。这一幕让许多人都落了泪,多年的辛酸与困苦像是终于找到了发泄的出口。

赵大叔高兴地说道:"天天盼,天天盼,这下盼到了又哭开了,今天是大喜的日子呀,谁也不许再哭了,咱们遭罪的日子到了头了!"说着,他自己也直掉眼泪。

八路军大部队要转移。赵大叔兴奋地告诉乡亲们:"政委把大春留在我们地方上工作了!"大家高兴地簇拥着大春。八路军宣传员在黄世仁家墙上写下标语:团结抗日,减租减息。大春振奋精神向大家解释道:"为了团结抗日,对地主,我们现在实行减租减息政策。对于黄世仁这样的恶霸行为,我们可以到抗日政府去告他!"

大家都很高兴,终于可以扬眉吐气,过上幸福生活了。赵大叔高兴地说:"咱们先把农会组织起来,接着就要黄世仁家减租。"穆仁智在外面偷听,听见有人出来了,转身就跑。

黄世仁家,穆仁智满头大汗跑进来告诉黄世仁:"佃户们都要跟你减租来了,大锁和虎子还吵着要先办你这个恶霸。"黄世仁气愤地说道:"好,今晚上先把大锁、虎子家收拾一下,看谁还敢出头!"

晚上,大锁家突然起火了,大家赶紧跑过来帮忙灭火。村里人迷信地说是白毛仙姑降下的灾祸,于是一时间人心惶惶。黄世仁和穆仁智更是煽风点火,利用群众的封建迷信思想继续愚弄他们,妄图继续欺骗大家任他剥削。大春决定和大锁一起去奶奶庙探查一番,

以解开白毛仙姑的谜团。

第二天晚上,奶奶庙附近的小路上都布置了人,山梁也埋伏了人,个个都拿着红缨枪或大刀片。大春和大锁躲在庙里。过了一会儿,满头银丝的喜儿像往常一样进庙拿供物。

大春见到所谓的"白毛仙姑"大喝一声。喜儿被惊得飞闪出门。虎子等追赶不及,没能堵住她。喜儿精疲力竭地跑进山洞。大春和大锁一路跟踪追来。大春和大锁手拿火把照亮了山洞,四处搜寻。

喜儿在火光里看清大春的面孔,声色俱变。她大喊一声"大春哥",激动得晕倒在地。

大春发现这个形容枯槁的女人,原来就是为他受尽苦难的喜儿。他痛惜地大叫:"喜儿!喜儿!"喜儿终于慢慢苏醒。她激动地喊着:"大春哥,你真的回来了!报……报仇啊!"说完,又昏迷过去。大春让大锁赶快回去派人把黄世仁给抓起来。

激愤的群众积极开展阶级斗争大会。那些受到黄世仁剥削压迫的老百姓们勇敢地斗争了恶霸黄世仁。人们将黄府伪善的"积善堂"招牌摘下来,和那些压迫人的地契文书一起当众焚毁,终于将几十年来的仇恨冤屈加以洗雪。

在王大婶和大春的细心照料下，喜儿的一头白发终于变成青丝。她和大春甜甜蜜蜜地在麦地里辛勤劳作。看着大春满脸汗水，喜儿贴心地摘下头上的手巾让大春擦汗。他们幸福地期待着美好的未来。

影评选粹

青出于蓝而胜于蓝

电影《白毛女》根据同名歌剧改编而成。

电影在歌剧的基础上又有了开拓和升华，可谓青出于蓝而胜于蓝。作品不但表现了黄世仁对杨白劳、喜儿和大春等人的迫害，同时还描写了广大贫苦农民受到地主恶霸的压榨和欺凌，最后在贫困中死去。这使得封建势力和被压迫的农民阶级之间的对立关系，得到更加充分的表现。

作品充分体现了电影艺术视听结合、时空结合的特性。作品在运用电影特殊表现手段，如平行、对比、隐喻、蒙太奇等方面表现出色。许多镜头组接得生动活泼、富有情趣。比如，大春和喜儿天各一方，互相思念，在不同的场景，唱出了同一心声，在时空转换上显得自然流畅。

歌声如泣如诉，既表现了人物心理，充满了人情味，又符合电影特性。

精彩回放

导演用细腻的拍摄手法，对大春和喜儿美好的爱情，以及向往美好生活的追求做了很好的描绘。作品正是通过对结婚前夜的幸福场景的描写，为喜儿以后悲惨的命运埋下了伏笔。

喜儿在结婚前夜，剪着喜字和鸳鸯，并且将它们贴在新房的窗户上；然后她束起发髻，插上大春赠送给她的绒花。她微笑着，低声地唱着。她那充满甜蜜的心情，使观众们也能体会到那种幸福的感觉。

　　但是喜儿怎么也没有想到，她早已进入黄世仁的恶毒算计中。大年初一父亲惨死，穆仁智上门讹诈，无助的她被抓进黄家"抵债"，幸福的生活横遭破坏。导演正是通过对美好生活的向往与现实命运的悲惨、善良的穷人与歹毒的地主之间的强烈反差，给观众留下深刻的印象，从而使大家更深刻地认识到黄世仁的丑恶嘴脸，并引发了对喜儿深深的同情，体会到纯真的爱情是永远也不会磨灭的。

从奴隶到将军

> 我再也不能重返战场杀敌了。我死后,就把我埋在这块最后战斗的土地上。
>
> ——罗霄临终前说

影片档案

出品:上海电影制片厂
编剧:梁　信
导演:王　炎
主演:杨在葆　张金玲　施锡来

荣誉成就

1979年获得文化部优秀影片奖、青年优秀创作奖。

影片史料

罗炳辉

罗炳辉,中国无产阶级革命家、军事家。云南彝良人。1913年入滇军当兵,参加过讨袁护国战争、东征和北伐战争。1929年7月加入中国共产党,参加了中央苏区历次反"围剿"作战。长征中,罗炳辉率红九军团掩护中央北上。抗日战争时期任淮南军区司令员。解放战争时期任新四军第二副军长兼山东军区副司令员。新中国成立后被中央军委认定为解放军36位军事家之一。

电影主人公罗霄是以罗炳辉为原型塑造的。

剧情故事

一

1915年,军阀混战,民不聊生。袁世凯篡夺了革命果实之后,卖国称帝。全国各地许多志士举旗讨伐袁世凯。

在云南的一个城镇里,一支讨袁护国军正在招兵。会馆门前,摆着张桌子,左右插着两面小旗,白布黑字,左边写着"讨袁护国",右边写着"招兵买马"。有个衣衫褴褛的未成年孩子正在报名,他就是砸断镣铐逃出来的奴隶娃子。负责登记的副官打量着他问道:

"你叫什么名字？"

"小罗筐。"

副官听到后，哈哈大笑地说："没名没姓的臭奴隶娃子，你也想吃粮当兵？滚蛋！"说完把小罗筐推到街道中间。

这时，骑在马上的副营长郑义正好路过这里。小罗筐直接撞到了军马上，手被马背上的军官抓住。军官郑义同情地看着小罗筐说："给我当马夫，我管你饱饭吃，干不干？"小罗筐什么都没有说，默默地走到前面牵起了缰绳。

从此，小罗筐在郑义的部下当了一名马夫。连日的行军，频繁的战斗，小罗筐没有感受到一丝苦难。郑副营长对他非常好，从不打骂，还时常问寒问暖。对于一个饱尝苦难的奴隶娃子来说，能够不受奴隶主的歧视和侮辱而挺起身子做人，他感到无比温暖和满足。

黄昏时分，城外郑义的营指挥所。部队奉命攻打一座县城，袁军借助险要地势死守城中。小罗筐手里拉着军马的缰绳看着前方的战场，攻城的讨袁军在炮火掩护下竖云梯、爬云梯。

郑义光着膀子，手拿大刀率队冲锋，高喊："打倒袁世凯！"

守城的袁军敢死队把云梯一一推倒。士兵们从云梯上跌下、摔死，落入护城河中。护城河上下堆满了尸体，惨不忍睹。

在战斗最艰苦的时刻，小罗筐从一个士兵手里拿过枪横在胸前，随着一声枪响，城墙上的袁军就倒下一个。很快他手中的枪里没子弹了，只救下了两架云梯。郑义赶忙命令半个班来到小罗筐的身边，每人手中平端上好子弹的枪。等小罗筐打完前一支枪，第二支又递到手里。

在小罗筐的步枪掩护下，护国军士兵们通过云梯爬上了敌人的城墙。小罗筐原来是个好猎手，练就了弹不虚发的好枪法。

护国军成功地拿下了县城。小罗筐在战斗中为了救助郑义，遭受严重的烧伤。

十年之后,郑义被提升为副团长。小罗筐已经长成一米八的大汉子,改名叫肖罗。他由于作战勇猛被提升为副连长,被调到郑义的部队中。

粤中地区的一个县城中,郑义拿着十年前肖罗受伤的照片,同刚调来的肖罗聊着。郑义讲:"十年来,部队转战云、桂、闽、粤,打了数不清的糊涂仗,当兵的尸骨成山,当官的腰缠万贯!"肖罗从靠墙的桌子上找出一本《三民主义》递给郑义,并热血沸腾地给郑义讲着孙中山的"三民主义",还说自己愿意为了它捐躯。

当晚,郑义和肖罗被几个军官拉到花船上去吃花酒。花船上,肖罗实在看不惯这些喝兵血的家伙狂欢作乐的样子,愤然离席。郑义急忙追出来劝道:"这些人和上峰非亲即友,你这样会得罪他们的!"

肖罗听着这话走得更快了。

在昏暗的角落里,有个穿着破烂衣服、头上插着草标的女孩,蓬头垢面。她身后的草席中裹着一具尸体。

路过的肖罗情不自禁地问:"你叫什么名字?"

"索玛。"姑娘低声回答。

肖罗毫不犹豫地把口袋里所有的钱统统放在索玛的手里,说:"索玛,如果有什么难处,你就来找我们。"

索玛抬起泪汪汪的双眼,泣不成声地说:"不用了,埋了阿妈,我再也用不着求人了!"

肖罗明白了索玛的想法,她是要在埋葬母亲后,结束自己的生命。肖罗注视着这个可怜的姑娘,决定拿下她头上的草标,娶她做妻子。

成婚之日,索玛穿上一身彝族新装,肖罗准备了一桌简单的酒席。两人发出去了很多喜帖。但是,肖罗的婚宴无人登门。那帮军官嘲笑地骂道:"叫爷们儿吃奴隶娃的穷酸喜酒?呸!"肖罗和索玛却不甚在意。索玛幸福地跳着彝族的传统舞蹈,和肖罗一起庆祝这喜庆日子。

傍晚时分,炊事员老李和赵上士、小马兵带着菲薄的礼品参加肖罗和索玛的婚礼。没多久,郑义兴高采烈地来向肖罗和索玛道喜。

婚礼开始了,官兵同席,这在护国军是从未有过的事情,因为在座的都是穷苦的士兵。

1926年,国共合作期间。肖罗所在的部队加入北伐军行列,出发去打吴佩孚。肖罗怀着满腔热血告别索玛和刚刚出生不久的儿子,踏上了征程。

一天,郑义这个团被派遣攻打敌人的一个据点。战斗进行了一段时间,敌人防守非常严密。敌人的火力密集而猛烈,一排排的子弹像暴雨一样落在郑义这边的阵地上。肖罗向郑义请求炸掉敌人的重机枪火力点。

肖罗在阵地上用绑腿把十几个手榴弹捆成一束,然后带着两个士兵悄悄地迂回到敌人的背后。到达敌人阵地附近时,肖罗命令跟随他的两个士兵离开,自己一个人提着手榴弹向敌人阵地爬去。肖

罗到了距离敌人很近的土崖上时，拉开引线，把成捆的手榴弹扔向敌人的重机枪阵地上。

"轰"的一声巨响，敌人的重机枪阵地被炸得血肉横飞。郑义赶忙率领部队冲了上来。在肖罗撤退之时，一颗炮弹在他身后爆炸，他被掀翻在地。最后，重伤的肖罗被农民协会的黑脚杆子给救活了，并且凭借此次战功，官升一级。

两年过去了，国民党内反动势力背叛革命，轰轰烈烈的大革命结束了，北伐也无疾而终，但是那些喝兵血的官兵，却越来越富裕了。肖罗一个人坐在凳子上看着革命书籍和进步刊物，思考着，寻找着真正的革命道路。肖罗无意中看到正在收衣服的老李不知道因为什么事在落泪，连忙喊来索玛询问。索玛同情地告诉他，战争结束了，许多士兵被部队遣散离开。

索玛说："老李都这么大的年纪了，被遣散了，无家可归。"

肖罗非常气愤，想了想说："你去告诉他，我这里就是他的家，从今天起，他就是你我的老人。"

这时，郑义来到肖罗家中。肖罗看着他没有军衔的衣服，十分心痛。郑义悲愤地说："拉完磨了，该杀驴了。"说完，郑义把那本还没顾得上看的《三民主义》还给肖罗。肖罗连忙让索玛准备几样郑义爱吃的菜。

饭后，肖罗给郑义一些钱，被郑义谢绝了。郑义拿起桌上的火镰和火石凄惨地笑着说："你就把这个送给老大哥做个纪念吧。等讨饭时，打火取个暖。"

郑义临走前，想看孩子们最后一眼。他来到里屋轻轻地抱起孩子，却把枕头下面的东西碰到地上。这是一些肖罗经常看的进步刊物。郑义一惊，责备肖罗不该看这些东西。肖罗说："正是那些共产党的为人做事，我心里才抱着一线希望……"

二

1930年秋天,日本帝国主义进犯东北三省,而肖罗所在的部队却在赣南、闽西一带围剿共产党。

一天,部队行进到一座古城里。肖罗这个团的团长被苏师长派往南昌,肖罗以副团长的身份率领全团。肖罗希望苏师长早些把拖欠的军饷发给部队。苏师长应付地说:"军饷嘛,我随后派人送到前线。你要加强对部队的整顿。"

肖罗回到队伍的前面,正准备上马出发,忽然发现小马兵走路一瘸一拐的,原来他的脚已经打泡化脓了。肖罗不由分说,把马让给小马兵骑,自己牵着马走。

肖罗这个团的驻地在紧靠苏区边界的一个村子里。经过肖罗的再三要求,师部终于给团里发来了去年的饷银。在一片空地上,肖罗把团里所有人都集合在一起,将饷银全部摆在队伍前面的一张桌子上。肖罗对全团官兵说:"以往每次发饷银总是少了很多,因为被喝血的军官给私扣了。这次,咱们官兵平分。"

士兵们一下子活跃起来了,他们钦佩地望着肖罗,并竖起大拇指称赞道:"好样的!"随后,肖罗又指定各排前三名士兵出列,并宣布:"你们是我指定的监饷团,你们要为大伙分心担劳。我先谢谢你们。可要是让我发现有营私舞弊的,我可不留情面!有谁不愿意干,现在就可以归队。"

果然有个士兵举起手来,边向列队里走边傲慢地说:"明告诉你,我是AB团(AB团是国民党军队中负责发现、报告和监视部队里的亲共分子的特务组织),不是监饷团!"肖罗冷冷地盯着这个士兵,不慌不忙地拿起步枪,并推上一颗子弹,一枪打死那个AB团的士兵。

在远处看热闹的群众里,站着一位三十多岁的老表,他看到这里就拨开人群向通往苏区的小路走去。肖罗看到有人"光天化日"地走向苏区,策马追上来喝道:"站住!你这个探子,五百米之内你是逃不掉的！"肖罗停在老表前面，问道："穷老表为什么往共区那边跑？"

"那边是穷人的部队，穷老表怕什么？"老表笑着回答。

肖罗不禁沉思起来，心想：他们既然能来，我为什么不能去呢！

第二天，肖罗穿着一身便衣，来到了共区。肖罗发现两边的气氛完全不同，一边是死气沉沉，另一边却是春意盎然。肖罗走在嬉闹的人群之中。街道旁边棚子里一群儿童团的团员在学唱《国际歌》。

在肖罗不远处，那位老表关切地看着他，并没有上前打扰他。老表这时已换上了一身军装，原来，他就是红军政委郝军。

在肖罗第十次来到苏区的山路上，郝军向他走来。肖罗惊喜地叫道："是你啊，穷老表，我们又见面了！"

郝军对他说："不，我们已经见过很多次了，你还蒙在鼓里呢，你看。"

肖罗回头看过去，两个红军战士押着一个AB团分子走了过来。郝军在这个伪装成百姓的家伙身上搜出了证件，并交给肖罗。原来每次肖罗来苏区，都有AB团分子暗中监视着他，而红军在这些AB团特务进入苏区后都悄悄地把他们处理掉了。

郝军和肖罗一起来到一个竹棚里。郝军边倒茶边问："请说说，十次进苏区，都有些什么想法？"

肖罗并没有回答郝军的问题，反而急切地问："请你给我讲讲，当一个共产党员，都要有些什么条件，什么手续？"

郝军笑着给肖罗讲有关共产党员的知识。肖罗认真地听着，思索着。

没过多久，肖罗颤抖地拿起笔填写中国共产党入党志愿书，激动地流下了幸福的眼泪。他在志愿书上写着自己当奴隶时的名字——小罗筐，并且改名叫罗霄。加入中国共产党是罗霄生活的新起点。

罗霄在党的指示下，做好了率领全团起义的准备。在起义那天，罗霄把索玛、老李和五个孩子送到了苏区，一路上他欢快得就像一个没有长大的孩子，不停地哼着歌。

傍晚，罗霄回到团部，只见师参谋长黄大阔坐在办公室等他。罗霄刚好借此机会，让卫兵把黄大阔和他带来的士兵控制起来。罗霄从容地拿起电话下令说："开始吧！"

罗霄走到门外，对迎面走来的耿大刀问道："弟兄们对这次起义有些什么议论？"

耿大刀爽快地说："从北伐到现在都混成这个龟孙子样，除了一些军官，都愿意跟你走。"

于是，罗霄带领着全团的战士们一起投奔了共产党。

起义后，罗霄担任了师长职务，郝军被派到他这个师当政委。罗霄认真地学习着毛泽东的军事思想，天天拿着毛泽东对一、二、三次反"围剿"的总结研读。他深感参加红军是正确的选择。

陈毅心事重重地来到罗霄的家中，给他们带来了一个意想不到的消息——毛泽东同志被解除了红军的领导职务。陈毅同志神情严肃地说："毛主席怎么办，我们就怎么办。罗霄同志，你，当然也包括我，我们要经得起这场路线斗争的考验！"

1933年秋天，国民党军队在飞机大炮的掩护下疯狂攻击苏区。中国共产党内"左"倾错误路线主张"御敌于外，以堡垒对堡垒"的战术，牺牲了许多红军战士的生命。

这种局面延续了一年之久，阵地上罗霄向上级汇报，焦虑地说："部队伤亡很大，我认为蹲在土堡里挨打等于是画地为牢。"

然而，上级对罗霄的意见根本不予理睬，直接挂断电话。

过了一会儿，上级把电话打到阵地，要求罗霄接听电话并让他将部队的指挥权交给政委。罗霄忍不住向上级阐明自己的观点："敌人的火力是空前的，在我看来，死守是不行的。"

卫生员索玛冒着炮火冲出去，在敌人猛烈的炮火下抢救伤员。

1934年秋天,"御敌于外"的错误打法导致第五次反"围剿"失败,大片的苏区沦陷,红军被迫进行战略转移。

罗霄被撤职之后,当起了马夫,牵着战马在行军途中遇到了参谋长耿大刀。耿大刀抱怨地说:"我恨不得重新投胎,免得一辈子戴着白军军官的孝帽子!"

罗霄摇摇头,说:"一个人到底是红是白,历史要自己去写,干革命是有血有肉的艰难事。"

耿大刀说:"可你内心很痛苦!"

罗霄语重心长地说:"共产党人有欢乐,也有痛苦。要革命就躲不开。"

耿大刀摇摇头,拉着马跟随大部队走去。

在小镇上,郝军找到罗霄并告诉他:"总部考虑到你的伤势,劝你和你的爱人一起留下,可以安排你到地方工作。"

罗霄有些生气,直言道:"这是对我的关心还是不放心?"大概意识到自己的语气不妥,他停顿了一下,接着说:"我罗霄只对旧世界造反,从来没有想过背叛党。"

郝军就知道他要说什么,看着罗霄坚定的神情,告诉他:"师党委没有征求你的意见就答复了,不同意你离开部队。"

罗霄激动地扭过头来,握住郝军的手,深情地说:"我不能离开部队,而且我希望穿着军装咽气。我还没有报答党的恩情。"

晚上,罗霄一个人坐在马棚里面剁草料。索玛担心他的伤口,来马棚找他。索玛正在给罗霄用盐水擦洗伤口时,外面传来一阵马蹄声,原来是郝军从总部开会回来了。

郝军走进马棚,把一份命令交给罗霄。郝军擦了擦汗水说:"由于毛主席力争,总部重新任命老罗为代理师长。"罗霄看完命令后,说:"赶快行动,要是我们还活着,一定完成掩护总部渡湘江的任务。"

渡江作战中,罗霄和战士们一起战斗在阵地上。子弹打光了,

罗霄和战士们就用刺刀和敌人展开激烈的肉搏战。罗霄看着源源不断冲锋而来的敌人,对身边为数不多的战士们说:"烈士们的血不会白流,我们要用自己的血肉之躯,掩护首长过湘江。"说完,罗霄和所剩下的战士一起冲出战壕,用血肉之躯阻击敌人。

战斗胜利完成了,但是罗霄伤痕累累的身体已经完全累垮了。最后,昏迷不醒的他是被四个战士用担架抬回去的。罗霄苏醒过来之后,说:"把马拉过来,将我绑在马上。"就这样,罗霄用皮带把自己绑在马鞍上,摇摇晃晃地行走在崎岖的山路上。

吹响休息号后,索玛搀扶着罗霄来到一条石凳上。在这里,索玛发现了带着火镰的郑义的尸体。罗霄看着郑义的尸体悲痛万分。

部队到达宿营地,罗霄集合队伍进行了一次全师讲话。罗霄满怀深情地给大家讲。战士们都在认真地听着,个个感动得热泪盈眶。

这时,一名通信员走上台阶,递给罗霄一份军委命令。通信员兴奋地说:"这是毛主席的命令!"

"毛主席?"罗霄感到非常意外。

通信员解释说:"遵义会议重新确立了毛主席在红军中的领导地位。"

红军在毛泽东的正确领导下,完成了震惊世界的两万五千里长征。

三

1939年，延安窑洞中，郝军给罗霄带来了陈毅同志的通知："根据毛泽东同志要新四军向北发展的指示，征求你的意见，你愿不愿意到新四军工作？"

罗霄急切地说："愿意，我愿意！"

在一间简陋的农舍里，陈毅同志正在给新四军高级干部分析当前新四军所面临的形式和需要进行的任务。会议上，罗霄被任命为挺进江北部队司令员，他的老搭档郝军为政治委员。

此次渡江战斗，罗霄只有三千人的战斗部队，而江对面的敌军近十万人。

渡江前夕，望江楼挺进江北部队司令部里，罗霄站在沙盘前面，给耿大刀讲着战斗部署，告诉他这次交锋的第一个对手是黄大阔的三万部队。

屋子外的空地上，罗霄来到战士身边，以提高部队的作战情绪。三千人的部队对三万人，不论谁都心里打鼓。罗霄坐在战士们中间，亲切地说："咱们的人是少了点。黄大阔号称三万，可这三万人当中至少有五千名是空报的名额。加上军部还有白吃饭的，这样就只剩下两万二三千活人了。顶了天我们就只打他三分之一，就是八千人。"

战士们都惊讶地说："八千人！"

罗霄接着说："这八千人呢，师部还有白吃饭的，还得留警戒部队、预备部队，又得扣去两千，剩下六千战斗力。六千对三千，黄大阔什么都不会指挥，将领无能部队战斗力被减去了一半。你们说现在是几对几？"

战士们马上回答："三千对三千。"

罗霄笑着说："再加上对方官兵怕死，又减去军力一半。"

"我们三千对他们的一千五。"战士们欢呼地说。

一番谈话下来，部队士气得到了很大提高，许多战士都恨不得现在就过江和国民党军队决一死战。

战斗打响了，罗霄盘腿坐在一张地图上，旁边放着一盏煤油灯。罗霄拿起电话指挥着全局的战斗，还说："活人要用打活仗的战略方法。"

突然，一颗炮弹落在了司令部的窗外，煤油灯被炮弹的碎片打灭了。警卫员跑进来，急切地喊着："司令员！"

黑暗的司令部里传来罗霄非常平静的声音："点蜡！"外面依旧是枪声阵阵，炮弹纷飞，而罗霄充耳不闻，沉着地指挥着战斗。

1940年夏天，新四军在苏北有了自己的解放区，罗霄在闲暇时刻就去农田帮助老乡干活。一天，罗霄听说七连副连长牺牲了，在办公室对着电话发脾气。索玛站在办公室门口，等罗霄挂了电话之后，嗔怪地说："怎么发这么大脾气，你出来看看，谁来了。"

门外站着的竟是老李和他们失散了六年的儿子罗干、罗北和女儿继红，孩子们一个个怯生生地望着罗霄。罗霄激动地迎上去，攥着老李的手说："你们这些年受苦啦！"

解放区来了一个中外记者组成的代表团，他们正在根据地参观访问。罗霄安排他们在一间陈设简陋的房间里，吃着根据地老百姓自己种的粮食。屋子外面炮火轰鸣，罗霄泰然自若地同中外记者聊着，回答记者们的提问。

远处的战斗是日酋奥田发动的一次大规模军事行动，他勾结伪军头子黄大阔，企图拿下罗霄的司令部。他们在这时发动攻击还有一个目的，就是俘虏正在参观访问的代表团。

正在陪同代表团吃饭的罗霄，接到通信员送来的一份前线电报，上面写着政委负伤、大儿子罗干牺牲的消息。罗霄愤怒地站起来，将手中的白瓷碗也摔碎了，嘴上怒骂一句："奥田老狗！"

临时战地卫生所中，罗霄看了一眼罗干稚气的脸，抑制着失去爱子的痛苦,轻轻地用布盖住了他的脸。另一边,政委郝军苏醒过来,急切地问道:"部队集合了吗?"

罗霄狠狠说道:"我要叫奥田有来无回。"

经过激烈的战斗,日酋奥田大败。新四军战果辉煌,许多日伪军被俘虏。

1945年,日军宣布无条件投降,抗日战争胜利了。大街上,人们奔走相告,欢快的唢呐声、锣鼓声响成一片。

日酋奥田和黄大阔在城头升起白旗,宣布投降。新四军的战士们都从战壕里跳出来,在阵地上欢呼着。

突然,罗霄觉得两腿发软。索玛赶忙上前扶住他并让他回去休息。罗霄说:"我的腿不会动了。"由于在艰苦的战斗中积劳成疾,罗霄下肢瘫痪。

抗战胜利没过多久,蒋介石又挑起了内战。司令部里,罗霄听着参谋读前线来的一份份战报。这时,通信员送来一份陈毅同志的电报。陈毅同志十分关心罗霄的病情,让他离开战场,安心休养。

罗霄对参谋说:"报告毛主席、周副主席,值此内战危机之时,我将战斗到最后一息,我要到前线去。"参谋知道罗霄的脾气,只好将电报发出去。

为了解放战争的胜利,罗霄将军坚持不离前线,乘坐着板车在前线战场上穿梭。罗霄坐在指挥车上,手拿望远镜观察着战场每一处的战斗。国民党军队被打得狼狈逃窜。长长的俘虏队伍在人民解放军的押解下,狼狈不堪地走着。

与此同时,罗霄将军已经全身不能动了,站在车旁的索玛赶忙上前扶住。罗霄指了指地上,说:"我再也不能重返战场杀敌了。我死后,就把我埋在这块最后战斗的土地上。"

鲜红的战旗盖在罗霄的尸体上,旁边放着作战地图和望远镜。陈毅同志庄重地说:"罗霄将军是中华民族百年来人民革命中的杰出一员,他早年投入旧民主主义革命,这是他的光荣。随着革命的进程,他由一个民主主义战士,自觉转变为共产主义战士,这更是他的光荣。他,从奴隶到将军,在各个革命时期,曾在二十个省英勇战斗过,三十年没离开战场。他把最后的一息献给了人民!"

影评选粹

人物传记·时代风云·色彩运用

影片在波澜壮阔的历史背景下,展示了将军罗霄悲壮的一生。他曲折动人的命运像磁铁一般紧紧扣住了观众的心弦。但是影片并没有脱离时代去孤立地表现个人命运,它把人物命运和时代的风云变幻紧密结合在一起,透过人物的悲喜命运,反映了时代的进程。从讨袁、北伐、第二次国内革命战争、长征、抗日战争到解放战争,这漫长的三十多年的风风雨雨、雷鸣电闪,都和影片人物的命运息息相关。影片中,人物与时代紧密地结合在一起,从人物命运的发展中,我们看到了中国革命的发展,革命的发展又处处留下人物前进的脚印。

《从奴隶到将军》在色彩的应用上十分到位。影片的色彩基调是冷灰的调子,如阴天、灰军服、硝烟等都是灰调子,而在人物成长发展过程中色调逐渐转暖,特别是后部分。在冷灰的色调处理上,美工也经常应用暖色的点缀,如花船、罗霄结婚时的场面,还有江西特有的红色泥土、炮火等等。这些色彩的应用有机地丰富和烘托了人物的发展。

精彩回放

罗霄在滇军时,虽然身为军官,却并没有摆脱"奴隶娃子"的阴影，受尽有旧军阀习气军官的刁难与欺辱。在肖罗与索玛结婚时，白副官等人不但没有赴宴，还公然辱骂肖罗。但肖罗和索玛毫不在意，他们在婚礼上用歌声和舞蹈表达着各自的感情。

　　奴隶出身的将军罗霄，下肢瘫痪，坐在小车上，膝上摊着军事地图，举着望远镜，注视着战场，溘然而逝。他，为革命鞠躬尽瘁，把最后的一息贡献给人民解放事业。看着这样含意深远的镜头，不禁令人热泪盈眶，心潮激荡。

暴风骤雨

要保住咱们穷人的天下。
——赵玉林临死之前说

影片档案

出品：北京电影制片厂
编剧：林　兰
导演：谢铁骊
主演：于　洋　高保成　葛存壮

荣誉成就

小说《暴风骤雨》荣获斯大林文学奖，是一部经典革命文学作品。它的作者周立波评价电影《暴风骤雨》"再现了一种雄伟的、激动人心的气派"。整部影片情节波澜起伏，风格朴素平实，具有浓郁的乡土气息，公映后受到全国观众的热情赞扬。

影片史料

面对国民党统治集团企图挑起全面内战的种种举措，中共中央一方面积极维护停战协议，一方面要求各解放区军民坚持自卫原则，有理、有利、有节地给进犯者以坚决打击，保卫解放区。随着反奸清算和减租减息运动的深入发展，各地农民对于解决土地问题的要求日益迫切。1946年5月4日，中共中央发布《关于土地问题的指示》，决定将抗日战争以来实行的减租减息政策，改变为实现"耕者有其田"的政策。解放区的各级党组织和各级政府开始发动群众，逐步深入开展土地制度的改革运动。

由这场土地革命而引发的"暴风骤雨"正是本故事发生的创作蓝本。

剧情故事

一

1946年是解放战争的艰苦时期。

东北地区解放军某阵地上炮火连天、硝烟弥漫，解放军正在准备对敌人进行反击。某营教导员肖祥和张营长正在掩体内部署战斗，忽然一个通信员飞马前来报告："报告营长，团部命令，让你们在天黑前撤到张家湾待命。肖教导员，团政委让你到团部接受新的任务。"

接受命令的肖教导员和大家来到某铁路俱乐部的大礼堂里，聆听解放军高级领导的讲话。大礼堂里人头攒动，大家都坐在椅子上认真地听着领导的演讲。礼堂顶上挂着一条横幅：到农村中去，到群众中去。

东北战场上，由于有美帝国主义的装备支持，国民党军队暂时占有优势。为了保存解放军的有生力量，东北的解放军决定撤退到四平、长春、哈尔滨等地。

为了在东北广大农村站稳脚跟，发动广大的农民群众，准备力量进行反攻，东北地区的共产党派遣了二万五千名干部下乡，准备掀起一场东北土地改革运动的暴风骤雨。正是在这种情况下，肖祥接受了新任务：由他任队长，带领一个工作队到元茂屯去，同其他工作队一起在农村实行土地改革，发动广大的农民，建立巩固的根据地，以便积蓄力量，准备转入对敌全面性反攻。

正好这个屯的老孙头赶的马车顺路，于是肖队长和刘胜、小王等十多个工作队员乘坐老孙头的顺路马车下村，一路上大家有说有笑。

肖队长问孙大爷村里的情况。孙大爷告诉他，元茂屯最富的是韩大棒子——韩老六，最穷的是赵光腚——赵玉林。肖队长问这个人怎么样。老孙头回答："这个赵玉林呀，可是人穷志不短，有股穷人的骨气。在那荒年时节，宁肯一家子到外屯去讨饭，也不在大粮户面前低头啊！"

老孙头还告诉大家，八路军来打土匪的时候，赵玉林也跟着上去过。说着说着，不觉就到了元茂屯。大车在街道旁的空地上停了下来，周围聚满了好奇的人群。韩长脖也挤在当中。农会主任张富英和妇女会主任朱秀英慌慌张张地推开众人迎了上去。

肖队长请他们安排一下住宿。张富英连忙说让他们住韩家大院。可小王说："我们就爱住草房马架子！"张富英不愿委屈他们，便退一步说："我看这样吧，就住小学堂吧！"于是肖祥他们工作队一行人就住进了小学堂。

见工作队真去学校住了，韩长脖慌忙跑去向韩老六报信。韩老六踱着步思索一会儿说："不要紧，这个局势还得变。你世元哥来信说，中央军五月节准过江，再说大顶山上有你的七叔，怕什么呀！你把这些话跟穷棒子们放放风，注意他们。另外，告诉张富英，叫他暂且别来走动，要好好笼络工作队。你去叫老田头来一趟。"

不一会儿，老田头来到韩家门口。韩老六把老田头叫入屋里，恐吓了一番，说什么工作队不让佃户种别人的地啦，不要与工作队串通，否则要算总账，等等。老田头吓出了一身汗，脸上多了一层忧虑的神色。

为了解除群众的思想顾虑，让群众自己起来解放自己，工作队在学校操场召开群众大会，宣传当前的大好形势，讲革命的道理。

刘胜在大会上说："乡亲们，共产党八路军解放了咱们东北，如今的天下是咱们穷人的了。但是，地主阶级是不会甘心的，他们还会用各种阴谋诡计来同我们对抗。因此，我们必须抱成一团，高度警惕，防止他们的破坏活动。"

张富英也在会上讲话。看着张富英，郭全海愤愤地说："要是他姓张的当政，咱们就别想翻身。"说完，转身走了。赵玉林也起身准备要走。肖队长说："乡亲们，我们刚到你们屯，对情况还不够了解。据说，你们这个屯差不离都是会员，农会委员就是张富英和朱秀英。像这样的农会不能领导咱们闹翻身！往后要选举新的农会委员，让苦大仇深的穷哥儿们来领导我们！"大家听了，精神大振，觉得好日子不久就会来到了。

张富英和朱秀英神色慌张，连夜将情况报告给了韩老六。韩老六急了，把杜善人、唐抓子等地主找来商议对策。韩老六对他俩耳语几句。唐抓子和杜善人听后，竖起拇指说："六爷实在高！"

韩老六的管家李青山趁着月色，提着马灯来到学校门口。李青山向肖队长鞠了一躬，递上一封请帖："我们六爷再三致意，一定要肖队长大驾光临。"肖队长看完，把请帖撕碎向李青山掷去，严厉地说："你回去告诉韩老六，让他放老实点。以后不许他耍花招！"李青山被赶了出去。

赵玉林看见李青山被赶了出来，激动地冲进办公室，对肖队长说："同志，我找你们说说心里话！"赵玉林说："我跟韩老六是血海深仇。只要你们工作队做主，我豁出这条命也要跟他干！"肖队长说："你敢和大粮户干，那太好了。可是光你一个人还不够，咱们得联络更多的穷哥儿们，团结起来才有力量！"

在赵玉林的带引下，工作队深入农家访贫问苦，做深入细致的思想工作，初步把群众发动起来了。肖队长因势利导，召开群众大会改选了元茂屯农会委员。赵玉林、郭全海分别当选为农会主任和副主任。广大群众纷纷表示拥护。

二

韩老六见改选了农会,群众团结起来了,便慌了手脚。他对李青山说:"你还是到大顶山去一趟,你对七爷说明白,工作队只有十几个人。"过了两天,李青山从大顶山回来了,高兴地对韩老六说:"我见到七爷了,他已升为中央先遣军司令啦!七爷让我带信给你呢!"

韩老六看完信,洋洋得意。为了防止韩老六搞阴谋破坏,工作队也采取了行动。

肖队长有紧要事到附近的高家屯开会去了。刘胜、小王便把群众召集到学校里开诉苦会。会上,大家纷纷发言。白玉山诉说了他跟韩老六打官司,五垧地丢了四垧的苦;刘德山控诉了他被韩老六

107

打了一棒子的恨。

　　赵玉林的辛酸往事,更是催人泪下。赵玉林说,他给韩老六扛长活,起早摸黑地干,年终一算账,反倒欠韩老六一百元,被迫把自己的棉袄押了,去找韩老六理论,反被抓去当劳工。赵玉林说:"当劳工的苦就更不用说了,算我命大能活着回来,可我那七岁的丫头活活饿死了,老婆只好带着锁柱在外头讨饭。"

　　老田头听着,想起自己那被韩老六欺侮惨死的女儿,忍不住哭了起来。许多人也都泪流满面。刘胜激动地说:"乡亲们,韩老六好比一只狼,咱们不打倒他,他就要吃了咱们。如今是咱们报仇的时候了!"大家情绪激愤,摩拳擦掌。赵玉林高呼:"乡亲们,要报仇的跟我走!"大家纷纷随赵玉林拥挤出门外。

　　刘胜担心地让小王带几个战士跟他们去看看情况。肖队长从高家屯回到学校,知道这件事后便批评刘胜:"时机还未成熟就去抓韩老六,反而弄得我们被动。"正说着,群众已押着韩老六来到了校门口。肖队长只好利用这个机会,在群众面前杀杀韩老六的威风。群众押着韩老六走进屋。韩老六百般狡辩,对于自己的所作所为毫不承认。

　　刘胜说:"你不要花言巧语地欺骗我们。乡亲们,你们说说,韩老六干了些什么坏事?"杨福元抢先说:"他和日本鬼子一样狠毒,谁要是不给他送礼,他就抓谁去当劳工。"这时候,韩老六的大小老婆和女儿哭闹着走了进来。大老婆大声叫喊着:"冤枉!长官,你们不能光听一面之词就抓人呀!"

　　大老婆转头就要拉着韩老六回家。赵玉林上前拦住他们,这时韩老六的大老婆借机撒泼,小老婆也跟着哭闹起来。肖队长猛地拍桌站起,哭声骤止。肖队长说:"有道理好好讲嘛,闹什么?"这时杜善人和唐抓子从另一个门挤进来,向肖队长递上一张保书,说:"我们是来保韩凤歧的。"肖队长说:"你对大家念吧!"杜善人无奈，只好念道："民户韩凤歧，由贵工作队拘押，想必是韩家仇人官报私仇，糊弄长官。经调查，韩凤歧是大大的良民……"

还没等杜善人念完，肖队长怒不可遏地说："什么良民？韩凤歧当过两年伪满屯长，他七弟是国民党土匪，他的儿子韩世元是蒋匪军官。韩凤歧仗势欺人，无恶不作，好的田地他霸占了，很多妇女被他糟蹋过。请问，他是哪一国的良民，你们又是哪一国的良民？"杜善人和唐抓子被驳得无话可说，狼狈退出门去。

突然学校门外传来几声枪响。原来是李青山在残墙后朝天开枪，故意捣乱。操场上的人们四处逃散。小王带着几个战士匆匆冲出校门外。刘胜在操场上呼喊："大家不要怕，这是坏人在捣乱，大家不要怕！"两个战士在教室里押着韩老六。

肖队长在隔壁办公室里耐心开导赵玉林、白玉山和郭全海。肖队长对他们讲道："不放韩老六不好办。今天高家屯那边的斗争会开得很不好，地主狗腿子活动得很厉害，真正苦大仇深的人都不敢说话。群众还没有觉悟起来，还有思想顾虑，我们必须启发他们的阶级觉悟。再有，几千年的封建统治，压得我们世世代代翻不过身，这不是几个人报私仇的问题，这是场严肃的阶级斗争啊！"听了肖队长的话，赵玉林有所领悟。最后，赵玉林、白玉山、郭全海都同意放了韩老六。

这时东北战场上，解放军节节胜利，敌人正处在重重包围之中。工作队员一边宣传这一大好形势，一边对贫雇农进行个别访问，进行艰苦、深入、细致的工作。这天肖队长来到地里，同老田头边干活边谈心。干累了，肖队长、赵玉林和老田头便在田边的大树的阴凉下歇凉谈天。

老田头小心翼翼地告诉肖队长："我向你报告一个情况。前天晚上，李青山来到我家，塞给我一张地契，说是韩六爷给的，以后这块地就是我的了。"赵玉林忙问："你就这么收下了地契？"老田头说:"不!第二天一清早我就给他送回去了。"肖队长说:"韩老六想用假分地来封住你的嘴!"老田头说:"这我明白。说实在的,这块地本来就是我家的,给韩家霸占了。"

肖队长对老田头说道:"大粮户的土地都是霸占来的。像韩老六这样的人什么活都不干,全靠咱们穷人的双手养活他们!"老田头说:"是呀!肖队长,你们是不是把公粮一收齐就走了?"肖队长答道:"没这回事!"赵玉林说这又是韩老六造的谣。肖队长告诉他:"我们工作队不把地主打垮是不会离开你们的。就是土改搞完了,工作队走了,这个天下也是咱们穷人的。"老田头频频点头,激动地保证道:"下次我要在大会上揭穿他的阴谋,控诉他的罪行!"

肖队长同老田头谈得正起兴的时候,见一个十多岁的小孩赶着猪群走来。赵玉林告诉肖队长这是韩老六家的小猪倌。他爹被韩老六抓劳工死在外头了,他娘被韩老六糟蹋够了又被卖到妓院。韩老六把这个孩子留下放猪,说是还他爹的债。

小猪倌听到这里,眼泪"唰唰"地流了下来。肖队长给小猪倌擦去泪水,安慰他:"别哭了,将来大家一定给你爹妈报仇。"赵玉林说:"等斗倒了韩老六,你搬到咱们家去住,将来你跟锁柱一块儿上学去!"小猪倌点点头。

猪倌放了一天猪,又饿又累,回去倒在猪圈里就睡着了。半夜,他被一阵吵闹声惊醒。他借着月光往后院一看,只见韩老六抱着一捆枪往马车上装。杜善人的枪也要交给韩老六运到别的地方收藏。

三

第二天,小猪倌就找到肖队长,把晚上的所见所闻一五一十地说了。他说:"昨天晚上,我看见了李青山把枪放在马车上。韩老六叫送到姑爷家去。"白玉山补充说:"是马尾屯的张大猴家,靠县城很近,离咱们这里有50多里路。"赵玉林说:"他家在县城有买卖。"肖队长俯身问小猪倌还听见什么。小猪倌说:"我还听见他们说,要等杜善人的枪来了一块儿送走。后来,韩老爷等不及了,就让马车走了。"

郭全海说:"怪不得桂兰告诉我说杜善人夜里倒腾什么东西呢!肖队长,让我带人马上到杜善人家去搜查!"白玉山紧接着说:"肖队长,让我到马尾屯去搜枪吧!"肖队长沉思片刻,叮咛他们要注意保密,行动要迅速。正当白玉山准备出发时,白大嫂来了,原来她听韩长脖说,白玉山要到城里搞对象,因此发生了一场误会。

肖队长等人经过解释,才将风波平息。肖队长说:"这段时间坏人的谣言不少,必须给他们一个下马威。"说完,肖队长派人去找张富英、韩长脖。经过审问,终于知道,这段时间的谣言全是他们两人在韩老六的授意下编造出来的。

赵玉林说:"你们听着,地主阶级快完蛋了,你们跟着他们走是死路一条。从现在起,不准你们再造谣搞破坏,不然,决饶不了你们。"张富英、韩长脖一边称谢,一边退了出去。

老白回来了,在大家的欢呼声中,肖队长走出教室,见一辆大车停在操场当中,四周围满了群众。肖队长迎上前去说:"辛苦了!事情顺利吧?"白玉山说:"顺利。人家马尾屯农会真帮忙,根本不用我们出面,枪就从张大猴家搜了出来。"小王说:"人家的群众工作做得可好啦!肖队长,这是王政委给你的信。"肖队长接过信看了起来。

郭全海、老孙头、白大嫂、刘桂兰等人把大枪和浮财等卸下车来。肖队长看完信,对大家说:"乡亲们!报告大家一个好消息!最近我们解放军接连打了几个大胜仗,消灭了十几万蒋匪军。县里王政委来信说,明天有主力部队路过咱们村,过江南下,大反攻就要开始了,离解放全国的日子不远啦!"

韩老六见形势对他们越来越不利,急得如热锅上的蚂蚁。他对李青山说："中央军一时过不来了，可你七爷也不见下山。"李青山说："六爷，您放心，七爷迟早会下来的。"韩老六问放在马尾屯的枪怎么会露馅儿。李青山说："我也觉得奇怪。"正说着，小猪倌推开小门蹑手蹑脚地走了进来。

韩老六知道是小猪倌泄的密后，拿起马鞭，把小猪倌推倒在地，举鞭就打。李青山连忙在小猪倌的嘴里塞上手帕。巡逻在大门外的杨福元听见呼救声，便叫自卫队员去报信。然后，他上前敲门，并用力推门。不料，李青山在里面加了一道门闩，他推不动。李青山匆匆跑到韩老六面前说："六爷，不好了，外面有人敲门。"韩老六说："快把他拖到后院里埋掉。"

肖队长接到报告后，立即带领群众来到韩家大门口。大家合力推门。正在掩埋小猪倌的韩老六、李青山见势不妙，匆匆扔下铁铲朝后墙跑去。李青山和韩老六先后爬梯上墙。韩老六的大小老婆拉住他大腿，大喊："老头子，你不能扔下我们不管啊！"韩老六管不了许多，纵身跳下墙去。此时，赵玉林见推不开门，便迅速从槁木上爬了上去，跳到院内，把大门打开。人群拥了进来，灯笼火把照得满院通明。

肖队长带人跑进后院，发现奄奄一息的小猪倌，立即叫人送去医院抢救。白玉山在后院墙边发现梯子。大家分析认为，韩老六一定是从这里翻墙逃走了。肖队长指挥大家分头搜查、追捕。肖队长带人追到屯外河边，沿岸循着足迹追踪。追了一段，发现两个人的脚印分道了，肖队长便将自卫队兵分两路，继续跟踪追击。

李青山躲过追踪人员，逃到了大顶山，韩老六则在附近藏了起来。肖队长带人追到桥头，发现足迹没有了。他环视四周，然后说："可能躲到桥洞里去了。"赵玉林和万健立即分立两边，守住洞口。万健拉动枪栓，向洞里喊："出来！不出来就开枪啦！"洞里没有动静。

赵玉林又向洞口大喊："韩老六，你出来不出来，不出来就用手榴弹炸了！"韩老六在洞里连忙高叫："不要炸，我出来，不要炸！"韩老六满脸泥巴地从洞里爬出来，万健立即给他上了绑。

抓到韩老六的第二天，肖队长同农会委员研究，决定在韩家门前召开斗争大会，对会场布置、大会发言、巡逻警卫等方面的工作都做好了安排和准备。黎明时分，屯外突然传来枪声。原来，是李青山逃到大顶山，带着韩老六的口信叫韩老七带兵下山搭救韩老六来了。

赵玉林、白玉山和郭全海跑到学校办公室。肖队长果断地说："赶快集合自卫队，我立即报告县上王政委，请求增援！"屯外原野里，土匪黑压压地冲了过来。解放军战士和自卫队埋伏在坡坎后射击，肖队长沉着地指挥着。冲过来的土匪接连中弹倒下，活着的匪徒后退奔逃。土匪头目见状挥枪制止："回去！快回去！"韩老七大发雷霆："都是些孬种，他们那几支破枪能挡得住我们？给我冲！"说着带兵冲出松林。

匪兵蜂拥地向防御阵地呼喊着冲来。肖队长见形势不利，便对赵玉林说："这儿不能待，让自卫队先撤！"赵玉林带着自卫队撤到屯头，在土坡后隐蔽起来。不久，肖队长也带领战士撤回与自卫队会合了。李青山说："七爷，他们撤了！"韩老七高喊："追！"敌人在机枪的掩护下冲杀过来。解放军战士扔出一颗颗手榴弹，把土匪纷纷炸倒。李青山带领土匪的后备队向屯头摸来。

赵玉林发现李青山，举枪瞄准，"砰"的一枪，把李青山击毙。突然，远处响起冲锋号，解放军骑兵向敌人迂回冲来。肖队长从坡后站起，挥枪高喊："我们的骑兵来啦！冲啊！"解放军骑兵向溃逃的土匪分路合围，呼喊着冲杀过去。

韩老七见势不妙，回身一枪，向松林逃去。解放军紧追不舍。韩老七跑进松林，奔向松林深处的一匹战马。赵玉林紧追而至，举枪瞄准。不料,韩老七首先开枪,把赵玉林击倒。赵玉林忍着剧痛,左手按腹,右手举枪,"砰"的一枪打去,把刚刚上马的韩老七击毙了。

肖队长带领众人冲进松林。赵玉林举着韩老七的枪叫喊:"韩老七,被我击……"话没说完,便跌向跑来的人群。肖队长一把将他扶住。片刻,赵玉林挣扎着坐了起来,左右寻找着,"我的枪呢?"一位自卫队员把枪递上:"在这儿。"赵玉林接过枪,紧紧握在手里,然后对郭全海、白玉山等说:"要保住咱们穷人的天下。"说完,慢慢倒下,永远地闭上了双眼。

消灭了韩老七,斗争了韩老六,大家扬眉吐气,元茂屯一片欢腾。正当大家忙着分田分地的时候,肖队长接到上级命令,要调回部队。元茂屯的群众依依不舍。肖队长说:"乡亲们!你们待我比亲人还要亲,我也舍不得离开你们。但是,蒋介石反动派没有消灭,咱们还不能过太平日子。咱们要永远记住烈士赵玉林的话——要保住咱们穷人的天下!"

影评选粹

斗争为主线·对比衬托

编剧和导演紧紧抓住元茂屯贫雇农与恶霸地主韩老六你死我活的斗争主线,集中篇幅,突出和强化了工作队进屯到土改胜利、青年们参军等主要情节,准确而又形象地表现了20世纪40年代末期解放区暴风骤雨般的土改斗争。

导演运用了电影的诸多表现手法,使得影片的主题得以深化。纵观全片,导演对光的作用非常注重。片中的环境、空间经常处于晦暗、黑夜之中,给观众以一种压抑、沉闷的感觉。加之影片前半段出现的农民形象,大多配着一张呆板无生气的脸,这与恶霸地主韩老六的刁蛮、凶狠形成强烈的对比。这样的艺术效果，无一不在暗示群众：这场土地的暴风骤雨即将来临！

精彩回放

　　故事的深刻主题是通过人物体现出来的。赵玉林最具典型性。他在追击韩老七的战斗中受重伤即将牺牲时，仍然不忘武器。赵玉林最后一句话让人难忘："要保住咱们穷人的天下！"

　　赵玉林从最初对工作队的若即若离到最后成为自觉的革命战士，甚至为了保卫胜利果实而付出自己的生命。整个成长过程贯穿全剧始终。导演对这个人物的描写是非常真实的。影片通过这个真实的成长过程，揭示了中国共产党是为穷苦老百姓谋幸福的真理。

农奴

> 乡亲们！罪恶的农奴制度就要被废除了，共产党就要带领着我们农奴翻身了！我们要感谢共产党，感谢毛主席呀！
> ——农奴格桑由衷地赞扬道

影片档案

出品：八一电影制片厂
编剧：黄宗江
导演：李　俊
主演：旺　堆　白玛央杰　次仁多吉

荣誉成就

中国第一部用影像讲述西藏的故事片。
中国第一次在银幕上塑造藏民的形象。
1981年荣获菲律宾马尼拉国际电影节金鹰奖。

影片史料

1949年，西藏地方政府少数分裂分子在英、美等帝国主义的支持下，公然草拟出《西藏独立宣言》，积极策划西藏独立。最终在中国共产党和西藏和平人士的共同努力下，中央人民政府代表团和西藏地方政府代表团于1951年5月23日签订了《中央人民政府和西藏地方政府关于和平解放西藏办法的协议》，从而使西藏得以和平解放，农奴得以解放和获得自由。

剧情故事

一

喜马拉雅山高耸入云，雅鲁藏布江波涛滚滚，激起层层碎浪。望果节仪仗队的号声闷长厚重。一群男女农奴背负着沉重的粮袋，沿着石阶攀上一座城堡，把口袋里的粮食倾倒在一个深不可测的粮仓内。

强巴出生在一个苦难深重的农奴家中，刚刚出生，奶奶就到奴隶主热萨·旺杰家去交"出生税"。而他出生后不久，阿爸因为顶撞奴隶主热萨，阿妈因为还不起热萨家的债和交不起强巴阿爸的收尸税，先后被热萨用皮鞭活活地打死了。

强巴在年迈的奶奶的照料下长到10岁，他和被称为"黑骨头"

的铁匠的女儿——兰尕成了好朋友。

这天,奶奶带着强巴去寺庙里上供。路过铁匠铺的时候,奶奶和铁匠打着招呼,聊了起来。正说着,奶奶发现强巴正从兰尕的破碗里捏着一丁点儿黑乎乎的糌粑吃,显然饿得厉害。

奶奶赶忙跑过去,一下子把强巴扯开,并批评他不该吃人家的东西。老铁匠在一旁平静地说:"好孩子,不要吃我们铁匠碗里的东西,谁沾上就要走黑运的。"奶奶有些不好意思,对铁匠说:"都是只有空碗的人,还分什么黑的白的!"

这时,一阵马蹄声传来,紧接着,几匹快马飞奔而至。原来是旺杰老爷,他带着大小管家和两三名打手似的贴身家奴骑马跑在前面。后面,一些普通家奴带着阳伞、暖壶、干肉、献佛的供礼等,拼命地追在后面跑着。

走在后面的一个家奴的背上,驮着一位小少爷——热萨·朗杰。朗杰小少爷正揪着家奴的头发,手里假装拿着鞭子,耀武扬威地喝道:"你这匹老马!驾!快点!老马!快跟上!"

人马过去了,老铁匠、兰尕才重新抬起了头。奶奶也抬起了难以伸直的腰,望着他们的去处,嘴里念叨着六字真经。奶奶带着强巴来到了位于半山上的寺庙,只见庙顶的金兽拱卫着金色的法轮,金光闪烁,戴着高高帽子的喇嘛吹响了长长的喇叭。

老奶奶匍匐在庙外阶前,连续叩着"长头"——她一次次立起,合掌高举向天,然后又跪下,全身伏卧在地,磕着响头。庙前的三合土因人们多年的踩磨,已经变得十分光亮,有的地方甚至已经印下了头膝着地的痕迹。

强巴跪在奶奶的身后,有气无力地摇着手里的转经筒。只见庙里庙外,衣衫褴褛的男男女女低着头,念着经,连续地转动着一个又一个转经筒。

奶奶仍在叩着长头。强巴伸出手指在盛酥油的碗口刮了刮,伸进了自己的嘴里。他的小动作被奶奶发现了。奶奶一把捏住他的手指，颤抖着声音说道："强巴！这是给佛爷添灯的酥油啊！你怎么敢这样呀！"

寺庙的前庭，献供的人一个挨着一个，老奶奶也在其中，他们在一个一个向主事的喇嘛献上哈达和供礼。强巴独自走到了供奉着白度母的佛殿里。他饿得实在是太厉害了，就拿供果吃，正巧被一个喇嘛发现了。喇嘛把强巴带出佛殿，要割掉他的舌头，砍掉他的手，以示惩罚他。最后，假装仁慈的土登活佛饶恕了他。

奶奶将饿晕的强巴带回了家，让兰尕照看他。奶奶又去寺庙了，她要为自己的孙子强巴求护身符去。奶奶求到护身符后，把那张符纸紧贴在自己胸前，向庙外走去。她一边走，一边嘴里含混地念着六字真经。奶奶穿过田野，走向河边，一步又一步。突然，她一下子跌倒在河滩的地上，再也没能起来。

奶奶死了，小强巴不得不进入热萨家当家奴。次仁推着强巴走进了大门，迎面遇见朗杰少爷，女奴们正陪着他打秋千。次仁谄媚地说："少爷，你不是天天嚷着要骑马？我给您带来了一匹小马！""小马？"朗杰少爷立马高兴了起来，从秋千上下来，一下子扯住强巴，就要"上马"。

强巴猛地扭身，把少爷摔在地上。次仁慌忙扑了过去，揪住强巴的头发，把强巴的头往树上猛撞。墙外的兰尕看到了这一幕，眼泪簌簌流下。她不忍再看下去，掩住脸，痛苦地把头贴到墙壁上。

又是一天，强巴背着朗杰在草地上奔跑。他紧咬下唇，汗流满面。朗杰少爷手里挥着柳条，嘴里吆喝着。强巴狠命地跑着，一直跑到草地的尽头才停住。强巴没有动，他知道前面是滚滚的激流。

朗杰少爷很快明白了强巴的意图，顿时大惊，猛地一推强巴，翻身跳下，摔倒在地上，并恐慌至极地喊叫起来。强巴一语不发地站在那里，死盯着朗杰少爷。

朗杰少爷站也站不起来，爬着向后退了几步。猛然，他一下子爬了起来，像个兔子似的连爬带滚地逃下了高坡。强巴被管家次仁抓了回去，在昔日打死他阿爸的庭前，他的双手也被缚在那根木柱上，被打得皮开肉绽。

手执皮鞭的次仁用袖子擦拭额上的热汗，并把湿漉漉的皮鞭放在清水盆里一涮，一盆清水马上变成了一盆血水。旺杰老爷揣着袖，朗杰少爷手拿着一只家里专门用来打奴隶嘴巴的皮板。

旺杰老爷瞪着恶毒的双眼，拿过朗杰手里的皮板，走下台阶去。管家次仁连忙揪起强巴的头发。旺杰老爷吼着："你一句讨饶的话不说！你一口气也不哼！像你爸爸一样，我今天非把你的嘴打烂！"边说边用皮板狠命地抽打着强巴的两颊。

强巴紧咬住下唇，眼也不睁，哼也不哼。兰尕藏在庄园门外听着抽打声不断传来，终于无法忍受，冲进门去。兰尕跪在地上，恳求道："老爷，求你开开恩吧！他不会说话了！他是……是哑巴！"热萨说："哑巴？"兰尕说："是，是的，他偷吃菩萨的供果，受到了上天的惩罚！"

家奴们把强巴拖到了马厩里，恶狠狠地扔到草堆上。兰尕从一处断墙爬进马厩，俯在强巴身边查看他身上的伤。兰尕从自己衣服上扯下一块布，在饮马的水槽里沾湿，小心翼翼地为强巴擦拭脸上的血污。过了一会儿，强巴缓缓地睁开了眼。

兰尕低唤："强巴，强巴。"强巴的双唇颤动着，像是要说什么，但是，他很快又紧紧地闭上了嘴，再也不张开了。咬出来的伤痕渗出了鲜血。

又过了几个春夏秋冬。管家次仁长了几岁年纪，鼻子上架起了一副茶镜，俨然是个大管家了。他走近马厩，朝里边吼了一声："哑巴！还不去放马？"

马厩里，衣不蔽体的强巴正趴在饮马槽上睡觉，他立马起身，牵着马去山坡上放。到了山坡上,他把马放在一边,仰卧在悬崖上,手枕着头,望着天空。不一会儿,兰尕也来到山坡上,轻盈地跑到强巴跟前,坐在他身边,迫不及待地和他讲金珠玛米——解放军的故事。

兰尕对强巴说:"人们到处传着这样的话:东方出了个顶红顶红的太阳,太阳里站了个顶高顶高的菩萨;他什么都看得见。他看见了这世上最高的地方,有人在受最深的苦。菩萨的手一指,菩萨兵就越过了千山万水,来解救人们的大苦大难。每个菩萨兵的头上都顶着一颗五个角的红星星。"

强巴全神贯注地听着兰尕的话,内心不由得激动起来,心想:难道天下还有这样一心一意为穷人的军队吗?他们到来就可以使自己摆脱朗杰的欺压和束缚吗?自己就会得到解放吗?

土登活佛和朗杰老爷也得知了解放军已经进入西藏,并且已经

到了当地的消息。土登活佛和朗杰老爷正商量着该如何对付解放军。最后，老谋深算的土登活佛决定让狡猾阴险的朗杰先去会见一下解放军，先摸摸底细，再做打算。

第二天一大早，强巴牵着乌黑光亮的马走出庄园大门。他换上了一身勉强遮住身体的衣服，但仍然赤着双脚，站在门外整理着黑马身上的缰鞍佩饰。屋里，朗杰像个木偶似的坐在榻上，任妻妾、女奴们团团围住，为他穿着官服顶戴，套上官靴。

二

看见朗杰出来了，强巴面无表情地慢慢俯下身去，两手着地。朗杰直接踩着他的背，扭着肥胖的身躯，慢腾腾地跨上马。随即，一行人马离开了庄园。次仁管家骑了一匹白马，三名打手似的贴身家奴骑着杂色的马，跟在后面。几个普通家奴，携带着老爷出行用的杂物，用长满了厚茧的赤脚，紧跟在马后面奔跑。

沿着崎岖的小路，他们来到了江边。马被留在江岸，他们乘着皮筏过了江。没有了马，强巴不得不背着朗杰走。河滩上到处都是大大小小的鹅卵石，难走极了。强巴万分痛苦地深埋着头，紧咬着下唇，背着朗杰朝河坡上一步一步走去。

童年时代小强巴背负小朗杰的景象如在眼前，强巴的心再也不能平静下来，他变得越来越愤怒。突然，强巴的脚下一滑，他和朗杰一起摔倒了。正当朗杰狼狈地从地上爬起，大喊大叫着要惩罚强巴的时候，解放军及时赶到了。

朗杰一伙也不顾受伤躺在地上的强巴，急忙迎了上去。两个解放军军官带着几个战士，由藏族官员陪伴着，与朗杰互赠哈达，又寒暄了几句。为首的军官陪朗杰向宗本府走去，另一个军官却径直向强巴走来。

倒在地上的强巴，额头上渗出了鲜血。他微微地睁开了眼睛，定睛一看：一张陌生的脸，从未见过的关切的神情，头上带了一顶缀着五角红星的帽子。

强巴被解放军带到了他们的帐篷。一位解放军女军医给他包扎了头上的伤口，一个还像个孩子似的女护士，用药水为他清洗布满伤痕的赤脚。

强巴十分震惊，急忙缩回了脚。一个解放军战士把一双新布鞋穿到了强巴自幼赤裸的脚上。解放军不仅给强巴治了病，还扶他上马返回。强巴深情地凝望着这些"菩萨兵"，心中受到了强烈的震撼。

回到庄园，朗杰命令次仁管家把强巴绑起来，打算用马把他活活地拖死。次仁管家优哉游哉地骑在黑马上。强巴双手被一根长绳系在鞍后，默默地跟着走。

次仁脸上露出恶毒的笑容："老爷叫我给你去去邪气！说你接触了邪恶的人。"说完，他猛挥皮鞭，两腿狠夹马肚，黑马便狂烈地奔跑起来。强巴没跑几步，就被拖倒在地上，他的身后尘土滚滚，脚上的布鞋脱落在路上。

兰尕的哥哥——铁匠格桑站在山坡上看清了这一切，咬牙切齿地站在坡前等着。当黑马奔到坡前的时候，格桑一跃而起，直扑马上的次仁。两人滚打在了一起。最后，格桑除掉了次仁。

格桑用沾满了血的刀割断了强巴手上的绳索。随后，他又和强巴用铁锤砸断了自己脚上的铁镣。格桑让强巴去找妹妹兰尕，让他带着妹妹去找解放军。

强巴带着兰尕一起去找解放军，不料半路上碰见朗杰带着一群打手。两人被朗杰一伙追到江边的悬崖上，走投无路的强巴和兰尕纵马跳下了悬崖。

最后，兰尕被解放军救起，强巴却被朗杰抓了回去。朗杰要剥了强巴的皮，点了他的天灯。阴险狡诈的土登活佛却让朗杰把强巴送进寺庙，把强巴给更顿喇嘛做徒弟，让强巴一辈子塑佛像，以洗脱他的"罪过"。

山头上,格桑看到强巴和妹妹一起掉下了悬崖,捶胸顿足,心痛如绞。过了好大一会儿,他才跟跟跄跄地离开。黄昏时候,格桑艰难地行走在林子里,踩踏着腐枝烂叶,难辨途径。正当他不知如何寻找出路时,迎面走来一个衣衫褴褛、背着口袋的老妇人。格桑急切地上前问道:"阿妈!你知道金珠玛米在哪儿吗?"

老妇人耳朵显然有些聋,但是一听到"金珠玛米"几个字,她的眼睛里就闪出光彩,并说:"金珠玛米!金珠玛米!他们给我发的农贷,发的种子,种子啊!他们真是大慈大悲的活菩萨呀!"她一边激动地说着,一边拍着自己背上的口袋。

格桑提高声音问:"阿妈!金珠玛米在哪儿呀?"老妇人上下打量了一下格桑,当看到他脚上那半截断铐时,缓缓地说道:"苦命的孩子!"她引着格桑绕过了几棵树,拨开枝叶,向林外不远处的公路指去;说道:"这是条'彩虹'啊,是座'金桥'啊!沿着这座'幸福桥',就能找到带来幸福的人!就能找到金珠玛米,快去吧,孩子。"

格桑谢过阿妈,匆匆踏上了公路。历尽千辛万苦,格桑终于找到了想念已久的金珠玛米——解放军。

这天,在公路旁边的工棚里,红光满面的格桑挥动着铁锤,在修着筑路用的铁镐。他捡起自己修好的一大堆铁镐扛到肩上。他一直赤裸的脚上,也穿上了军用胶鞋。他高兴地跑出了工棚。

格桑跑到一群正在修路的解放军战士和藏民面前,将修好的铁镐一把一把发给他们。格桑自己也留下一把铁镐,挥舞起来,翻动起积雪未化的泥土。

此刻,被解放军救起的兰尕手里正捧着一块习字用的长条木板,在一笔一笔地写着字。兰尕已不再是衣不蔽体,她穿了一件整整齐齐的藏装,越发显得秀丽,脸庞也丰腴了,眼睛里泛着从未有过的光彩——一种喜不自禁的光彩。

佛殿里，更顿喇嘛粗大的双手在泥里蠕动。自从土登活佛让他收了强巴为徒，他真是高兴极了，所以干起活来特别卖力。在佛殿阴暗的角落里，已经削发受戒的强巴，面容比以前苍老呆滞了不少。他身着一身褴褛的袈裟，机械般地堆砌一尊初见轮廓的佛像。

伴着昏暗的酥油灯光，强巴仍在塑着佛像的泥胎。突然，从佛殿内发出一声惨叫，划破了这黑夜的沉寂。只见更顿喇嘛扑在大佛脚下，一只颜料箱倾倒在他身旁，五颜六色的溶液在地上横流着。

强巴跑过来搀扶师傅坐起。更顿喇嘛惊恐地、嘶哑地说："我看不见了！看不见了！"他痛苦地强睁着失去光亮的老眼，但是顷刻间就宁静下来，用一种极度安详而又使人不寒而栗的声音说："我的罪赎尽了！佛爷的金眼要'开光'啦！"泪珠从他的眼里缓缓地流了下来。

三

1949年，西藏少数反动分子在以美帝国主义为首的西方反动势力的策动与支持下，发起了分裂祖国的武装叛乱。土登、朗杰一伙也在积极准备着。

夜深了，万物寂静。在土登活佛的卧室里，一台小型收发报机正嘀嘀嗒嗒地发出声响，一个喇嘛正在迅速地记录电文。寺庙的后山头上，铁棒大喇嘛带着人在那里等着。铁棒大喇嘛望空合十，神秘万状地念念有词。

夜空中渐渐传来了马达声，声音越来越大。伴随着马达的轰鸣声，隐隐约约可以看见缓缓飘落的降落伞。空投下来的标有英文的木箱落在山谷里的巨石上，被撞裂后，里边的东西漏了出来，原来是枪械。铁棒大喇嘛一伙人急忙把这些枪支运回了庙里，并藏进了大佛的体内。

这一切正好被路过的强巴看见。他十分吃惊，不由得倒退了一步，却感到身后有人。他回过头来，见土登活佛迎面而立。土登慢腾腾地说道："哦，是哑巴！"他沉吟片刻，面露笑容，"这个哑巴倒是有福的！从今以后，你要给我好好看守这座殿堂，看守你塑的金像！"

西藏反动分子发动的叛乱很快被解放军和爱国僧众粉碎了。朗杰老爷焦急地踱来踱去，向土登活佛喊着："拉萨叫不通了，叫不通了！"土登活佛依然自作镇静地坐在煤油灯下，阴沉地说："叫噶伦堡！"这时，一个贴身喇嘛匆匆跑进，向活佛耳语。

土登连忙走出卧室，穿过外间的小经堂，向门外走去，迎住了被搀扶进来的曲佩活佛，"老活佛，您这个时候匆匆赶来，有什么要紧的急事吗？"

曲佩活佛气喘喘地、涕泪纵横地骂道："乱臣贼子！佛门败类！都乱了！什么卫教军呀！他们强奸尼姑，焚烧经书，把菩萨身上的金皮都给剥下来了！简直就是一群土匪、强盗，猪狗不如的畜生。我要不是跑出来了，这条老命恐怕就没了。你说说，这些年，国家哪一点对不起我们，哪一点对我们不好？"

土登活佛先是一愣，半天他才渐渐意识到曲佩活佛不是对他发火，而是骂那些已经被镇压的叛乱者。他言不由衷地佯装着点头称是。曲佩活佛在佛像前合掌拜着："菩萨啊！这些人不是佛门弟子！他们背叛国家，背叛民族，背叛佛教清规！"

支开了曲佩活佛，土登急忙回到卧室里。戎装的朗杰跌坐在榻上，泄了气地哼着："完了！完了！"土登活佛决定自己留下，让朗杰带着人叛逃国外。

崎岖的山路上，朗杰一行人匆忙逃窜。朗杰自己骑在马上，后边跟着一支杂乱不堪的行列：有僧，有俗，有打手，有家眷，还有被裹胁的奴隶们负着重驮。铁棒大喇嘛拿着一支上了膛的卡宾枪，吆喝着，催促奴隶们快走，不时用枪托无情地击打奴隶的头和身体。

一列解放军骑兵迅速地在山谷里行进。山口，藏族男女老少激动地夹道迎送，有的指路，有的哭诉，有的合掌祈福。一个老妇泪如泉涌，颤巍巍地捧起一条哈达，放在一个战士的马颈上。

雪山顶峰，枪声越来越近了。铁棒大喇嘛袈裟破碎，神符失落，可仍然杀气腾腾地站在半山上，妄图做最后的垂死挣扎。突然，朗杰从马上翻滚下来，正好撞到了铁棒喇嘛，差点把他撞倒。

强巴低着头继续向上走去。他身上原已残破不堪的僧装碎成片片，差不多成了赤身露体了。看到强巴走了过来，朗杰拿着盒子枪，用枪口顶住了强巴的太阳穴，强迫强巴背着他。

又一阵激烈的枪声传来。朗杰嘴皮颤抖着说："快走，快过边境了，快走，解放军来了！快点！"强巴紧咬着双唇，吃力地往雪山顶上挪动着脚步。听着不断传来的枪声和朗杰的呵斥声，眼看着就要过边境了，强巴再也不能忍受了。他猛然往后一耸双肩，想把朗杰从身上甩下，可是朗杰死抱住强巴不放，两个人一同翻滚了下去。

沿着陡峭的雪坡，他们翻滚扭打在了一起，强巴和朗杰展开了殊死搏斗。正当朗杰要对强巴下毒手时，一名追来的解放军战士击毙了朗杰，但他自己也被朗杰开枪击中。

强巴定了定神，回过身来。那负伤的战士挺立在那里，手里端着枪，向他笑了笑，仰面朝天地倒在雪地上。强巴忙奔了过来，他俯下身去，探视那位战士。那位战士又睁开眼，温柔地望着身边的这位藏族兄弟，艰难地从胸前扯出了一条哈达，一条已经浸透了鲜血的哈达。他把哈达递到强巴手里后，就缓缓闭上了双眼。

强巴痛哭着，大声嘶喊着："金珠玛米！金珠玛米！"强巴捧着红色的哈达，紧贴在胸前，泪如泉涌。他把哈达覆盖在了那位战士的身上。

强巴疾步走在回乡的路上。寺庙渐显在他的眼前，像一座阴森森的堡垒在垂死地抵拒着利箭似的曙光。强巴推开佛殿的大门，迈步走进自己亲手塑的群佛的殿宇。他攀到大佛背后"装藏"的洞口，先轻轻敲了敲，又猛用拳头撞击，狠命地用手撕剥，终于打开了洞口。"装藏"的洞里装的不是他亲手供奉过的什么金肝金肺，而是黑魆魆的一堆枪支弹药。强巴把一支支枪从里边扔了出来，接着，攀着佛体下到了地面。

"谁？"一声喑哑的惊呼。土登活佛从佛殿门口像一只猫似的又轻又急地走来。他瞪大了眼睛，嘶声地连呼："哑巴！你有罪呀！有罪呀！"强巴毫无惧色，铿锵有力地说道："你——有罪！你才有罪，你知道吗？活佛！看看你们干的坏事！"

活佛倒吸了一口气，惊恐万状，向后退步，退到一个角落里，气喘喘地说："你……你忘了，是谁给的你第二条命？"

强巴不容置疑地说："是金珠玛米！而不是你！"他双手抱着枪，昂着头，向殿外走去。一向威仪如神的活佛，几乎瘫在殿角。他眼睛一闪，飞快地从身上抽出一把刀，朝强巴刺去。刀正刺在了强巴的后背上，他痛苦地倒在了地上。土登为了销毁罪证，纵火焚烧了寺庙，逃出佛殿。

看到寺院着火，群众和解放军都向寺院跑来，县委书记与格桑带领大家分头救火。两个战士把土登活佛挟来，向格桑报告说："他要往后山跑！"土登活佛诬赖道："我怎么不跑？你们烧我的寺庙！你们破坏宗教呀！还要把我活活烧死，我能不跑吗？"

同时，土登活佛抓住格桑的衣服，顿足大喊："乡亲们哪！这个铁匠，这些解放军，他们要烧死活佛呀！"更顿喇嘛也跟着痛呼："这个铁匠，这个解放军，他们要烧死活佛呀！"

一些救火的群众停了下来，疑惑地望着格桑和解放军。兰尕下意识地以身体护住格桑："乡亲们！不，不！不要相信活佛的话，他在骗人，他诬赖好人，诬赖解放军。"口说无凭，群众都将信将疑。

土登顿时得意扬扬地看着大家。

突然,从佛殿里传出"金珠玛米,金珠玛米"的喊声。格桑赶忙甩开扯住他的土登活佛,奔向佛殿。

强巴从熊熊大火的佛殿里直挺挺地走了出来,怀里还抱着几支枪。强巴踉踉跄跄地走到活佛面前,把枪摔到了他面前。人们马上就明白了,他们都愤怒地看着土登活佛。土登活佛刚才趾高气扬的神色立马消失了,一下瘫倒在地上。

寺庙的大火被解放军和群众扑灭了,佛像里暗藏的武器也全部被搬了出来,陈列在烧焦的大佛前。这里成了会场,成了农奴们控诉自己血泪的会场。

多少一生躬腰曲背的人直起了腰,伸出了他们的拳头;多少世世代代为奴的人们喊出了震天的口号:"清算祖国叛徒!""清算民族败类!"

寺庙里的巨大莲花台座暂时成了主席台。曲佩老活佛也十分悲愤地与一些穷苦喇嘛和农奴的代表们一同坐在上面,县委书记和格桑少尉也在。土登垂着头颈,深弯着腰,立在台口。农奴和穷苦喇嘛团团围住了莲花台座。

更顿喇嘛控诉着土登活佛、热萨父子和农奴制的种种罪行。老喇嘛瞎了的眼睛里淌着泪,颤抖的两手向空中伸去:"我……我还要说什么?我是个瞎子,我也是个'哑巴'!我这一辈子……我这一辈子……"他哽咽难言。突然,他用一种生平没有发出过的声音呼喊道:"你还我这一辈子!"说着,伸手猛扑向土登活佛。

台下一个独臂的农奴挥出了一只风干的断臂,朝土登痛呼道:"你还我的手!"农奴的话引起了一片呼喊:"还我的父母!""还我的兄弟!"解放军战士紧紧围起土登活佛,以防人们的手把他撕裂。

台上的曲佩活佛也高喊着什么,并举起紫荆杖,要敲打土登。县委书记忙过来劝阻,扶住了曲佩老活佛的荆杖。格桑一手向群众

高举,含着泪呼道:"乡亲们!罪恶的农奴制度就要被废除了,共产党就要带领着我们农奴翻身了!我们要感谢共产党,感谢毛主席呀!"

一阵雷鸣似的震人肺腑的齐呼声传来——"祖国万岁!共产党万岁!毛主席万岁!"令人震撼的声音一直传到里屋。此刻,强巴一阵昏迷,卧在里边的榻上,上身裸露出创痕累累的赤铜色的皮肉。他的嘴唇颤动着,声音微弱难辨,竭力地想说出"金珠玛米……"。兰尕坐在强巴的身边,紧握着他的手,低声劝慰:"金珠玛米都知道了,都知道了!"

一阵阵"万岁"声中,兰尕向强巴轻喊道:"强巴!你听见了吗?天都翻了,所有的哑巴都说话了!"强巴微微地睁开了眼,兰尕呼唤道:"强巴!"强巴凝视着她,呼唤道:"兰尕!"

青稞翻滚，一望无涯的田野里，解放军官兵和农民一起在收割成熟了的庄稼。带着收获的喜悦，人们共庆丰收。强巴与兰尕骑着快马，奔向同庆丰收的青稞场上。他们各捧了一条哈达，并肩走着，并将哈达高挂在场上。

场下一片欢腾。第一次穿着整齐袈裟的更顿喇嘛挤在人群后，有些发急。他摸索着，忽然喊起来："强巴！你说话呀！"一个系着红领巾的小女孩也催促道："强巴叔叔，你说呀！你说话呀！"

强巴红润的面容重现青春，唇边的疤痕像是更为他增添了几分刚毅。他激动地望了望含着泪与笑的兰尕，望了望穿着军装的格桑，又望了望县委书记，望了望毛主席像，望了望大家，望了望每一个人。他坚毅地说："我要说！我有很多话要说！要把我的苦、我的甜都给大家说一说……"

伴随着翻身农奴的诉说，一曲高昂的歌声传来：

> 喜马拉雅山，再高也有顶，
> 雅鲁藏布江，再长也有源；
> 藏族人民再苦也有边，
> 共产党来了苦变甜！

影评选粹

质朴粗犷之美

影片以高度的艺术概括展示了农奴的命运，把阶级压迫和对立凝结为农奴主热萨父子、活佛土登和农奴强巴之间的矛盾。面对残酷的欺压，强巴以种种方式进行反抗。他三次从背上摔下朗杰，很有层次地表现了他的性格以及思想发展脉络。而三次反抗的结果却是遭到更残酷的惩罚，这深刻地揭示了压迫者和被压迫者之间对立的残酷性。

导演采用明暗对比强烈的影调和管线处理手法,造成了一种独特的视觉效果。导演利用高原强烈的阳光造成的不同色彩、低沉的色调表现出阶级压迫的阴森恐怖,利用高昂的色调展现出解放军带来的光明。同时,画面明暗的大反差又给人一种颇有力度的造型感,人物和景物在这种大反差中显得特别富于塑造感,透出质朴、粗犷的艺术美。

精彩回放

强巴被"少爷"当马骑,奔向江边的这场戏中,导演利用滔滔江水的画面,叠印出强巴的"特写镜头",再接以成年强巴的"特写"

镜头，渐渐显出长大的强巴在马厩喝水的特写镜头。导演用寥寥几笔，就描绘出强巴长大的过程，非常具有简洁美。

导演通过强巴由小长大的过程，表现了强巴无法抗争的命运，揭示了西藏农奴制度的黑暗和腐朽。对"终生为奴""世代为奴"的阶级性的描写，为影片结尾部分强巴的觉醒和最终的反抗打下了基础。

大浪淘沙

> 记住,我们要永远和工人、农民,和革命民众站在一边!在任何情况下,都要坚持革命,要照毛泽东同志的主张去做!
>
> ——赵锦章牺牲前叮嘱道

影片档案

出品:珠江电影制片厂
编剧:朱道南 于炳坤 伊 琳
导演:伊 琳
主演:于 洋 简瑞超 刘冠雄

荣誉成就

1966年极"左"之风愈演愈烈，珠江电影制片厂在时任中共中南局第一书记陶铸的关怀和扶持下，拍摄完成了经典故事影片《大浪淘沙》。

1978年，《大浪淘沙》解禁公演，引发了全国性的观影热潮，让一代观众为之感动。

影片史料

1925年，蒋介石和汪精卫表面上赞同革命，与中国共产党保持合作关系，暗地里却在积聚自己的军事和政治力量，准备发动反革命政变。

1927年4月12日，以蒋介石为首的国民党右派在上海发动了"四一二"反革命政变，大肆屠杀共产党人和革命群众。至此，国共两党的合作关系彻底破裂。全国革命高潮已经过去，中国革命形势迅速转入低潮。

剧情故事

一

1925年的一个黄昏，天空阴云密布，远处闷雷隆隆，闪电在河面上反射出一道道骇人的寒光。一艘扬帆行驶的小船被巨浪冲击得颠簸欲倾。小船的船篷里挂着一盏小油灯，惨淡的灯光透过蒙着尘垢的灯罩，无力地投射在三个怀着不同心情的青年身上。

身材魁伟的靳恭绶紧锁着双眉，闷闷地坐在船板上。他目光炯炯，神态愤懑，仿佛满身都是仇和恨。矮小灵活的杨如宽吹着口哨，

正在灯下作画。他是个乐观开朗的人。年纪稍大的顾达明为人厚道，禀性善良，是一位善于照看兄弟的大哥哥。

突然，黑暗中传来呼叫声："救人呀！"他们向岸上看去：黑沉沉的夜色里，隐约看到有一个人慌张地奔来。人影后面，有一群人打着灯笼火把在紧紧追赶。靳恭绶纵身跃下，涉水上岸，挟起那呼救的人，跳上船来。

小船迅速驶向河心，避开了追赶的人群。船头摆出四只斟满酒的小碗。顾达明端起一只酒碗，庄重地说："顾达明，为了不受坏人欺压，背井离乡，寻求光明出路，去济南求学。"靳恭绶神情严峻，端起碗，激动地说："靳恭绶，为了躲避官府的通缉，逃出家乡。"

被靳恭绶救上船的，也是个青年，长得眉清目秀，文质彬彬。他好奇地看了靳恭绶一眼，也端起碗说："余宏奎，为了反抗父母包办婚姻，逃出封建家庭。"讲完，看看大家，抑制不住内心的冲动，感激地说："幸亏各位救我上船，兄弟非常感激。"

杨如宽听着大家的发言，也动了情，像朗诵诗歌一般地说道：

"杨如宽，为了美好的未来，"他放下手中的笔和画，接着说，"决心离开黑暗的家乡，随老达哥去济南念书。"

四个青年将酒碗碰在一起，对天盟誓。顾达明说："中华民国十四年八月二十五日，我等四人冲出了黑暗的牢笼，志同道合，在此结拜。今后定要情同手足，生死与共！"四人同声喊："干！"杨如宽在纸上画着冲出牢笼的四只小鸟，最后一只小鸟展翅欲飞……

靳恭绶等四人风尘仆仆，提着行李来到济南。济南大街上，熙熙攘攘，车水马龙，异常热闹。虽然"五卅"运动才过去不久，墙上还残存着"抗议上海五卅大惨案"的巨幅标语，但街上的一切，又恢复到之前的样子，呈现出帝国主义统治下的殖民地色彩。

走着走着，靳恭绶等四人来到一处十字街头。他们看到一位端庄而又严肃的中年人正站在高处，挥动着臂膀，慷慨激昂地做宣传。这位中年人就是山东省立第一师范学校的教师、共产党员赵锦章。这时，警察来了，赵锦章在一个姑娘的掩护下离去。

赵锦章一走，大家都想知道赵老师是哪个学校的，并想去他所在的学校就读。杨如宽拉起靳恭绶，去追赵锦章。大家追上一个撑着黑伞的人，以为是赵老师，最后却发现是一位年轻美丽的女学生。

一开始，女学生很警惕，以为他们是坏人。当他们说明了情况后，女学生才放下心来，告诉他们自己是济南女子中学的。在了解到他们都想找个好学校去上学时，她就劝他们去投考山东省立第一师范学校。因为那是个好地方，而且是官费。于是，大家决定考取山东省立第一师范学校。

山东省立第一师范学校里，下课铃声响了，赵锦章从教室走出来，刚好被靳恭绶发现。靳恭绶喜出望外，立刻追上去。赵锦章问他有什么事。靳恭绶一时不知讲些什么好，急忙从衣袋里掏出那张一直保存着的传单，说："你是革命党吧？这个传单……"

赵锦章忽然严肃地说:"你刚来学校,问这些还太早哩,懂吗?小兄弟。"靳恭绶好似受到了莫大的侮辱,生气地走开了。他这倔强的性格,使赵锦章感到意外。

星期天,靳恭绶等四人来到附近的一个小集市上。靳恭绶看到一个中年妇女卖女儿,很是同情,就给了她十几枚铜圆。一个老乞妇也缠住靳恭绶,向他乞讨。靳恭绶也给了老乞妇几枚铜圆。靳恭绶叹了口气,正要走开,忽然有只大手有力地在他肩上拍了一下。靳恭绶回过头去一看,见是赵锦章,立刻不高兴地虎起了脸。赵锦章笑道:"靳恭绶,你还在生我的气啊?"靳恭绶回说:"你瞧不起人。"赵锦章哈哈大笑,拍着靳恭绶的肩膀,半推半拉地说:"走吧,我还有事求你。"

赵锦章和靳恭绶并肩坐在一处瓦砾堆上。离他们不远处是火车站的仓库,那儿有铁丝网拦着。赵锦章恳切地对靳恭绶说:"家母病了,你能不能借点钱给我抓药?"靳恭绶一呆。赵锦章又说:"我的妹妹缴不起学费,要失学了,你能不能帮我点忙?"

靳恭绶再也听不下去了,一下子站起来,生气地说:"你在耍我!"赵锦章也站了起来,双目盯着靳恭绶,坚毅地回道:"不,我是在给你讲正经的!"他拉着靳恭绶,用手指向拦着铁丝网的车站仓库。

透过铁丝网可以看到,日本商人和工头们在指挥工人搬货。大群的搬运工人扛着沉重的麻包和木箱。他们中间有年迈的老人,有十二三岁的孩子,口中都发出吃力的"嗨嗨"声,腰被压得弯弯的,个个汗流浃背。几个搬不动的老年人被监工抽着皮鞭。

看到这一幕,靳恭绶难过极了,仿佛工头的皮鞭是抽打在自己的身上。赵锦章用洪钟般的声音问靳恭绶:"全中国到处是受压榨的民众,不打倒帝国主义和军阀,你能救得了他们?"靳恭绶浑身一震,双眼殷切地看着赵锦章,问该怎么办。赵锦章紧紧地握住了靳恭绶的双手，两人交流起来。

他们一起探讨马克思主义，探讨中国革命。赵锦章说："在人类的历史上，劳苦大众进行过无数次革命，但最后都失败了。直到列宁，他按照马克思主义进行了十月革命，世界上才第一次出现了由劳苦大众当家做主的国家。马克思的学说是普遍真理，全世界都适合！劳动神圣，咱们知识界人士必须和工农大众联合起来！"

千佛山上，八卦楼下，珍珠泉前，都留下了他们二人的足迹。赵锦章还赠给靳恭绶一本书，靳恭绶高兴地接受了。回去的时候，靳恭绶兴奋地给兄弟们讲授赵锦章教给自己的知识。大家听了也都很兴奋。

这时，在一旁的余宏奎也按捺不住，轻轻拍了下桌子，高兴地告诉大家他也有个秘密：薛健白先生是国民党，并给他讲了许多为人之道，是个很有学问的人。他还把一本书拿出来给大家看。靳恭绶、顾达明、杨如宽都新奇地争着看。书的封面印着"三民主义"四个字。

薛健白教导余宏奎说："青年人最大的毛病就是盲从，而感情冲动又往往是盲从的忠实伙伴。一个革命者固然要有为国家民族尽义务的勇气和决心，但决不能感情冲动。"

薛健白接着说，要想干一番事业，就必须多和有才干的人交往，这样，才能有光明的前程。他还说自己有一位姓何的朋友在南方当了师长，最近来信要他赶紧南下，去帮他共图大业。并且这个朋友表示自己作为老师，日后对他们可以有所照应。

二

赵锦章的书房里，靳恭绶、顾达明和杨如宽在聚精会神地听着赵锦章讲话："旧社会好比一条巨大的铁锁链，紧紧地捆绑着受压迫的劳苦大众！'CP'是工人阶级的先锋队，为全体贫苦民众的利益而奋斗。'CP'和'CY'，是要创造一个没有人剥削人、没有人压迫人的新世界,这就是共产主义社会!"

赵锦章还教导他们,为了在全世界实现这个美丽而崇高的理想,一切觉醒的青年,都应不惜流血牺牲,组织民众,用革命的手段,摧毁吃人的旧世界。三个青年的脸上,露出庄严肃穆的神色。

共产党的地下工作者,赵锦章的妻子宋珠萍,从南方来到济南传达党的指示。她衣着考究,举止稳重,傲气凌人。她从戒备森严的火车站走出来,将手中一个精致的小皮箱和一架留声机交给搬运工,便旁若无人地向出口处走去。

出口处,一个警官指着小皮箱和留声机让搬运工放下。宋珠萍迎上一步,高昂着头,根本不看警官,一副不可侵犯的样子。警官被宋珠萍端庄而高贵的神态惊住了,马上行了个举手礼,恭敬地说:"小姐,对不起,近来南方不断有革命党混入山东。这是张督办张宗昌大帅下的戒严令,您就请吧。"他挥手躬腰,让出路来。宋珠萍从容地走出车站。

赵锦章家里,四五十人正在开会,其中有薛健白、赵锦章、宋珠萍,还有靳恭绶、谢辉等青年,气氛严肃而紧张。宋珠萍女士向他们讲了三大政策。薛健白表示这是孙中山先生定下的主张。在座的不论是本党党员还是"CP",还是爱国青年,都必须身体力行!

门外,尾随宋珠萍的那个警官带着两名警察敲门。女学生刘芬开门迎出来。警官直接问戒严期间集什么会,刘芬回答没有集会。警官表示自己亲眼看到很多人进去了,说着,推开刘芬,直闯厅堂。

厅堂里,已是另一番景象。赵锦章的胸前,别上了一朵新郎用的胸花。宋珠萍披着婚纱,别着新娘用的胸花。薛健白的胸前,也别上了证婚人的标志。人们在狂笑着,嘻嘻哈哈,互相耍闹。

警官板着面孔走进厅堂,人们骤然停住了笑声。薛健白招呼警官参加婚礼。警官看看宋珠萍,有礼貌地说:"不,对不起小姐,打扰你们了。"说完,回身向门走去。

警察走后，宋珠萍笑着说："结婚快三年了，今天又结婚，亏你们想得出！"她一把除去披纱后，站了起来。她已不是什么新娘，而是一位老练的革命者了。她接着向大家介绍了近期全国蓬勃发展的革命形势。

劳工运动越来越高涨。火车站前，靳恭绶站在高处，撒出一叠传单，上面写着"广东革命政府发出北伐宣言"。突然，十多名骑着高头大马的张宗昌的士兵和数十名警察，一起向青年们袭来。凶猛的骑兵驱马冲进人群，挥舞着手中的皮鞭，在人们头上狠抽。

人群慌乱起来。骑兵猛击青年，有几个人被打得头破血流。靳恭绶见状，怒目圆睁，奋不顾身地迎向骑兵。虽然青年们奋勇抗击，但还是被手执武器的警察制伏了。有些青年被逮捕了，包括谢辉。

靳恭绶见谢辉被捕，不顾一切地前来营救。这时大批警察赶到，有一警察悄悄地在靳恭绶身后举起警棍，猛地一下，将他击倒了。幸亏顾达明、杨如宽等一大群青年冲来，警察抵挡不住，向后退去。

谢辉趁机扶起靳恭绶走向自己的住处。警笛声不断地传进来，躺在床上的靳恭绶慢慢苏醒了。谢辉一边给他包扎伤口，一边说起他去年在街上追自己看校章的事。靳恭绶通过这些天和谢辉打交道，对她很是信任，便讲述了自己的经历。

原来靳恭绶家很穷，全靠姐姐在青岛纱厂辛辛苦苦做工挣来的钱勉强读了几年书。在一次地主和账房向靳父逼租时，靳父苦苦哀求无望后自杀了。当天晚上，悲愤的靳恭绶就把地主老财杀了，替父亲报了仇。后来，官府四处通缉他。走投无路的他在外面流浪了半年多，才找到好朋友顾达明。谢辉听了靳恭绶的讲述，很激动，眼里溢满了泪花。

赵锦章和宋珠萍已到了南方。大家为追随赵锦章，追随真理，也都纷纷南下。谢辉和靳恭绶在船舱的甲板上漫步，他们边走边交谈着。谢辉告诉靳恭绶，她的父亲是在武昌去世的，死在了帝国主义的手里。

  1927年的汉口，江汉关钟楼巍然矗立。钟楼旁的大街上，人山人海，群情激奋。一队工人纠察队举着红旗，扛着步枪，迈着整齐的步伐，雄赳赳地向英租界前进。

  忽然，由远而近，响起雄壮的歌声："打倒列强！除军阀……"随着歌声出现一队北伐军，他们也向英租界走来。到达武汉才几天的靳恭绶、杨如宽、谢辉和刘芬也出现在人群里。他们精神抖擞，觉得自己已置身在一个崭新的世界里。

  武昌中央军事政治学校布告处，围着一些同学在看布告。一个学生大声读着布告上的内容："为通告事，兹调下列诸生去长沙分校继续受训。各项待遇一律照旧……"靳恭绶和顾达明挤进人群，在布告上发现有自己的名字，很是高兴。因为他们可以去长沙见赵锦章。

  靳恭绶和顾达明到了长沙，赵锦章热情地迎接两位青年。赵锦章向他们介绍：湖南民众革命的激情非常高涨，党在民众中的影响很大。顾达明问赵锦章是不是再有三个月北伐军准能打到北京。赵锦章告诉他们要看局势怎样变化。前一天，上海发生了反革命大屠杀，蒋介石跟帝国主义勾结起来，背叛了革命。现在长沙分校不比总校，无论是教官还是学生当中，土豪劣绅的子弟很多，他们经常闹事，打击共产党。

  赵锦章走到靳恭绶和顾达明面前，语重心长地说："你们已经是'CP'了，要好好团结进步同学，提高革命警觉呀！"接着，赵锦章拿出两份书报，送给靳恭绶和顾达明，里面有毛泽东写的《中国社会各阶级的分析》和《湖南农民运动考察报告》。

  星期日，长沙街上分外热闹，呈现出一派革命的新气象。靳恭绶和顾达明从街上走进书店，贪婪地翻翻这本书，看看那本书，眼花缭乱，简直不想离开。

忽然，店门前走来了余宏奎。他抬头看到顾达明，立刻喜上眉梢，叫道："老达哥！"顾达明和靳恭绶见余宏奎来了，都很惊讶。顾达明高兴地迎了过来，靳恭绶却走向别处继续看书。一阵寒暄后，俩人决定找个酒楼聚一聚。靳恭绶不愿加入，自己到一边去了。

酒楼上，顾达明和余宏奎一边喝酒一边交谈。余宏奎似乎很有感慨地后悔哥四个的分开，这次到长沙来希望能看看大家，希望顾达明能和自己在一起。顾达明兴奋地说回去跟赵锦章说说，争取让他也来长沙分校时，余宏奎一怔，一时沉默不语。

余宏奎慢慢地呷了口酒，装出一副为难的样子，说道："靳恭绶那脾气，我怎么还敢去？"他见顾达明不以为然，连忙又说："我在三十五军军部，那儿非常需要人。在军部工作气魄大，知道的事情多。在那儿要前程有前程，要钱有钱。"他自己感到讲溜了嘴，赶紧解释。

余宏奎建议顾达明也到军部工作。顾达明已经看出余宏奎不怀好意，但却不明白他的目的究竟何在。余宏奎得意忘形。当他要求顾达明把长沙分校"CP"的名单告诉自己时，顾达明愤怒了，说真应该让靳恭绶狠狠揍他一顿。余宏奎吓得脸色骤变，大步向楼下走去。

书店里，靳恭绶见顾达明久久不下酒楼，心里焦躁不安，急步向酒楼走来。顾达明在大口喝酒，脸色很难看。顾达明告诉靳恭绶自己瞎了眼，没有早点认清余宏奎的丑陋嘴脸。

夜色朦胧，长沙反动派活动十分猖獗，校方竟然宣布全校戒严。所有未经校方特许的同学，都不得离开宿舍。赵锦章警惕地听着，在办公室里踱来踱去。他突然站到李教官面前说："李教官，长沙的反共活动很厉害啊，咱们校方也参与了阴谋！"

赵锦章越想越感到严重，觉得不能对国民党总是退让再退让，迁就再迁就，这和毛泽东同志建立工农武装的主张是完全相反的。他毅然决定立刻给杨特派员挂电话。在电话里，赵锦章建议杨特派员立即给工人纠察队和农民自卫军多发枪支,同时,让四乡农民自卫军立即做好准备。

这时,薛健白来了。赵锦章进入会客室,见到了薛健白。他知道薛健白的到来是个不祥之兆,但还是阔步迎了上去。薛健白满面春风,他的身后站着焦参谋和余宏奎。薛健白在一阵假惺惺的客套后,步入正题。

薛健白对赵锦章说:"三十三团说长沙分校的'CP'里面藏有反革命,想陪老赵前往三十三团,当面解释一下。"赵锦章斩钉截铁地说:"你这是贼喊抓贼!"薛健白压住怒火继续劝道:"老弟,不要意气用事,还是去一趟,一切为了打倒帝国主义、打倒军阀,千万不要造成双方的不和啊!"

赵锦章怒气冲冲地责问道:"是谁制造不和?上海4月12号工人阶级的血是怎样流的?你不是大声疾呼过绝对拥护三大政策,反共就是反革命吗?你还想用打倒帝国主义、打倒军阀的漂亮口号来伪装自己,可耻!"薛健白被批驳得哑口无言。

赵锦章厉声质问:"你这次来长沙干什么?想利用三十三团搞什么阴谋?"薛健白听后,知道赵锦章是个敢作敢为的人,难以制伏,便赶紧变换进攻的方法,劝说赵锦章要识时务,跟着他走才是上策。

赵锦章丝毫不妥协,目光似剑,逼得薛健白抬不起头来。赵锦章冷笑一声说:"像你这种做学问的人,世界上越少越好!为了升官发财,为了少数人的利益,你们勾结帝国主义,背叛人民大众,将来逃不出历史的惩罚,只会落个遗臭万年的下场!"

薛健白被驳斥得狼狈不堪。这时,进步学生已经集合好,靳恭绶奔来寻找赵锦章。当他走近会客室时,薛健白带来的两名卫兵拦住了他。靳恭绶不管这些,硬是闯了进去。赵锦章听到靳恭绶的声音,立刻撇下薛健白,向门走去,正好遇到闯进来的靳恭绶。

靳恭绶告诉赵锦章说李教官请他去一趟。赵锦章说了声"走",

就大步地向外走去。薛健白的卫兵拔枪拦住赵锦章。靳恭绶立刻叫道："谁敢动！"他拉动枪栓，推弹上膛，迅速将枪口抵住了薛健白。

薛健白看了靳恭绶一眼，知道如果动手，自己定然难以脱身，便让卫兵们把枪收起来。赵锦章冷笑着走了出去。靳恭绶收起枪，跟着走出了会客室。薛健白让余宏奎快去追赵锦章，唯恐他跑掉。

校园深处的一块空地上，赵锦章和靳恭绶走过大树。同学们从隐蔽处来到空地上，迎接赵锦章。余宏奎鬼鬼祟祟地走近大树，拔枪向赵锦章的背影瞄准。连射两枪后，余宏奎撒腿就跑。顾达明见有个人影一闪，知是凶手，紧紧追赶。靳恭绶喊了声"抓住凶手"，也急忙追去。

赵锦章中弹欲倒，鲜红的血透出外衣，但他推开扶着他的李教官等人，说道："大家镇静！"这时，校外响起一阵密集的枪声。赵锦章让大家不要乱，要听李教官的指挥。他又让李教官带领同学们从后门冲出去和工人纠察队会合。学生们在李教官的带领下，犹如猛虎般向后门扑去。

顾达明加快速度，紧追余宏奎不放。余宏奎已无路可逃，突然返身叫道："老达哥！"顾达明一听是余宏奎，没料到这小子竟会对赵锦章下此毒手。狡猾的余宏奎趁此机会，钻进了附近的树丛。顾达明立即开了一枪，但已经迟了。

天空电光闪闪，雷声隆隆，狂风大作，暴雨倾盆而下。靳恭绶和顾达明气喘吁吁，来到一处能避雨的茅棚前放下赵锦章，给他检查伤口。赵锦章挪动一下身子，从昏迷状态中清醒过来。

远处又传来枪声。赵锦章看看周围，冷静地判断了处境后，让靳恭绶、顾达明走，不要管自己，要挑起革命的担子。不远处有人高呼："共产党万岁！"接着，传来一排枪声。显然，那里在屠杀革命者。

革命者牺牲前的呼喊声震撼着赵锦章。他极力支撑着身子，一种复杂的感情促使他对靳恭绶和顾达明道出了铿锵的心声:"我真想亲自去党中央,揭穿那些投降敌人、背叛工农的人,他们哪儿还有一点马克思主义!现在真是多么需要赶快猛醒呀!"

赵锦章接着说:"可是现在,我不行了。看来这儿的党组织会遭到敌人很大的破坏。你们一定要找到党组织,向党报告事变真相……记住,我们要永远和工人、农民,和革命民众站在一边!在任何情况下,都要坚持革命,要照毛泽东同志的主张去做!"

赵锦章倒下了,紧握着手枪的右手,慢慢松了开来。校外响起一阵密集的枪声,敌人动手了。长沙城内,反动派到处在进行暴乱活动,到处是被屠杀的革命者的尸体。靳恭绶给大家做宣传,告诉大家反动派是阴险毒辣的,要大家提高革命警惕性,要相信工农民众的力量。

三

1927年7月15日,武汉革命政府公开叛变革命。满脸杀气的薛健白得知长沙的人转移到青松塔后,让焦参谋和余宏奎去追,告诉他们大胆去干,宁可错杀一千,也不要放走一个。

青松塔附近的一座大庙外,焦参谋和余宏奎领着反动派士兵赶到。焦参谋命令士兵四处搜查。附近草丛里,两个长沙分校的同学探出头来察看。在了解情况之后,两人决定分头找靳恭绶收拾这帮人。

余宏奎领着三四名士兵,来到大庙里,发现柱子上有一行粉笔字——"军校同学速到江边集合"。余宏奎让士兵报告焦参谋,速到江边追击。当余宏奎走出庙门时,一个士兵前来报告说那边来了两个女兵。余宏奎让大家隐蔽到庙里。

谢辉、刘芬进了大庙,突然有人叫道:"不准动!"两个反动派士兵迅速掩上了庙门。余宏奎见来的是谢辉和刘芬,既惊讶又高兴,便劝说她们放弃与靳恭绶一起走的念头。谢辉和刘芬一听,心中又气又急。

余宏奎说:"世界变啦,怎么样?跟我回去吧!"谢辉怒目而视,愤恨地说道:"我总算亲眼看见你们怎样对待革命同志了!"这时,庙外远处传来一阵密集的枪声,焦参谋追到江边了。

余宏奎威胁谢辉,让她告诉自己谁领头,有多少人,要到哪里去。谢辉根本不予理睬。他着急地劝说谢辉要和薛健白站在一边。谢辉大义凛然地说:"和你们站在一边?你背叛了革命,北伐就葬送在你们手里。你们这些叛徒!"

谢辉狠狠地打了余宏奎一记耳光。余宏奎拔出手枪。刘芬连忙上前,用身子挡住谢辉。这时,靳恭绶、顾达明等长沙军分校的学生突然冲进大庙。余宏奎惊叫一声,吓呆了。反动派士兵一个个被缴了械。

顾达明伸手从余宏奎手中夺走手枪。余宏奎惊慌失措地跪下叫道:"老达哥,你饶了我吧!"顾达明一脚踢倒余宏奎,说:"谁还跟你称兄道弟!"靳恭绶上前抓住余宏奎的胸襟,将他从地上拎了起来。余宏奎又恳求靳恭绶饶恕他。

靳恭绶说:"余宏奎,你还拿这个来欺骗人呀!我没忘了暗杀赵先生的凶手就是你!你跟着薛健白走,你们走的是一条死路!"他猛然一下,将余宏奎扔到墙边。顾达明举起手枪,连打数发,惩处了这个可耻的败类。

一列货车开进站来。靳恭绶、顾达明和三分校的同学跳下车,遇到一个身穿破军装、拎着背包的男子,他精神颓废,摇摇欲坠。他走着走着,实在支持不住,摔倒在一个破麻包上。众人走上前去一看,发现是杨如宽。

靳恭绶来到杨如宽跟前,将他扶起。杨如宽渐渐清醒了,睁开眼睛,见靳恭绶和顾达明在身旁,禁不住流下眼泪。顾达明安慰杨如宽,让他有话慢慢讲。

杨如宽哆嗦着嘴唇，泪汪汪地说："老达哥，靳恭绶，北伐完了！革命完了！我们在前线，一个胜仗接着一个胜仗，一口气打到河南，眼看就要打过黄河，可是国民党突然乱杀起人来！我逃了出来，走了三天三夜，才到这里！"

靳恭绶和顾达明愤懑地听着。国民党开始屠杀革命者，给革命的前景蒙上了一层阴影。过了一会儿，顾达明问杨如宽："你打算上哪儿去？"杨如宽垂头丧气，说打算回山东老家去。

后来，长沙来的同志跟随武昌农民运动讲习所的同志转入了农村，随后又参加了毛泽东同志领导的农民武装，举行了秋收起义。十月间，这支秋收起义队伍，由毛泽东同志率领，上了井冈山。一批愿意并且实行和工农民众相结合的青年，继续在火热的革命斗争中经受考验和锻炼。

影评选粹

强烈时代感·鲜明人物设定

影片在叙事结构、人物性格塑造和时代、环境的真实感方面都足见导演的功力，具有极强烈的时代感。这样的时代背景既结合了影片情节框架，又提供了丰富的戏剧性冲突。故事发生在动荡的大革命时期，四个处于人生十字路口的青年，他们因不同的性格、不同的选择而产生了矛盾，这样的叙事安排，让时代背景与人物性格及其成长有了最紧密的关系。

在时代背景的基础上，导演通过银幕时空的不断转换，从军阀统治下的济南、北伐军取得胜利时的武汉，再到"马日事变"后的长沙，都体现着那个时代的动荡不定。同时，导演以非常写实的手法，采用大量的实景拍摄，认真打造每一个"时空"细节，让观众可以感受到真实的时代气息。

片中人物关系的设置、性格的设计采用了对比和反衬的方式。主人公靳恭绶是被着意歌颂的革命者，与他的出身、品格、理想形成最鲜明对照的是反面人物、反革命者余宏奎。而顾达明的忠厚中庸，一方面反衬了靳恭绶的激越坚定，另一方面突出了余宏奎的自私狡  诈。浪漫纯真的杨如宽代表着革命与反革命之间的中间道路。这样的人物设置与性格对比作为一种影片戏剧冲突的方法，对于推动故事情节的发展有着重要的作用。

精彩回放

影片中巧妙地展示了四个不同性格的青年在各自不同生活、理想道路的碰撞冲突，导演通过象征手法展现了这一场景。

在一个阴云密布、雷鸣电闪之夜，在奔涌的大河之中的一条小船上，四位青年对天盟誓"情同手足，生死与共"之后，结为兄弟。于是善于绘画的杨如宽在那幅画着三只小鸟飞出笼子的画中，又添了第四只小鸟。

导演通过这幅绘着四只小鸟的图画，将四位年轻懵懂的少年的人生扭结在一起，以利于矛盾冲突的集中。这幅画对于影片情节的发展具有暗示性作用。

大刀记

> 爹，咱们的大本营呀，在人民群众当中。
> ——梁永生对门大海说

影片档案

出品：上海电影制片厂
编剧：曲延坤　邱　勋
导演：汤化达　王秀文
主演：杨在葆　潘　军　仲星火

影片史料

1927年大革命失败后，中国共产党所领导的人民革命斗争进入最艰苦的年代。国民党南京政权成立后，采取了一系列有利于地主阶级、买办资产阶级的政策和措施，并形成和发展了新的官僚资本。

封建地主阶级是国民党政权的一个主要支柱。广东省，从1929年到1934年，租额普遍增加了20%。在这种情况下，农村生产萎缩，经济凋敝，天灾人祸有增无减。广大农民挣扎在饥饿和死亡线上，生活极为痛苦。

剧情故事

一

天空乌云密布，一副山雨欲来风满楼的样子。

宁安寨一座座灰黄的平顶小房在寒风里瑟缩着。街口破庙前，马铁德带领几名家丁正在宣布贾府的丧事："贾府办理丧事，各家长工佃户，一不准穿红戴绿，二不准走亲串友，三不准张灯结彩闹元宵。"

每一家门上的对联，都被贾府的家丁用一张白纸遮住了。

酒店门前，邻里街坊气愤地骂着贾府老爷贾宝轩。这时，梁宝成走了过来。梁宝成披着棉袄，肩上倒挂着烟袋，神情严肃地听着。一人说道："今天是元宵节，不让咱闹元宵，还要咱披麻戴孝，这是什么世道。"

"不让闹，咱偏要闹，出出这口气。"旁边一个人撕下门上贴的白纸说。

魏基珂说："胳膊拧不过大腿，算了吧！宝成兄弟，你看呢？"

梁宝成边给烟袋里面装烟丝边思索着。

大家见梁宝成没有说话，有人喊道："宝成大哥，这元宵节咱到底还闹不闹？"

梁宝成站起来，握紧拳头用力一挥说："闹！上龙潭。"

龙潭街贾府门前，社火队以两头巨狮开路，蜂拥而来。总指挥梁宝成，斜披黄绸，振臂击鼓。龙潭街热闹非凡。

贾府门前一派丧事布置。屋檐下吊着白布孝球。"积善堂"巨字匾额上，横搭一匹白布。门前纸灰纸钱，随风飞旋。院内隐隐传来阵阵哭声。

贾府大门"吱呀"的一声开了，走出地主少爷贾玉圭，旁边蹲着一条戴着白孝帽的狼狗。他十六七岁，长袍马褂，一身重孝，气呼呼地喊道："穷小子们，发昏了吗？今天是什么日子？"

梁宝成打完一个鼓点，用鼓槌指着花灯上醒目的四个大字"元宵佳节"，对贾玉圭说："少东家，你看！"

贾玉圭说："今天是俺三叔办丧事的日子，不准你们闹元宵！就是鸡狗鹅鸭也得披麻戴孝！"

贾玉圭身旁的狼狗头上也戴着白布孝帽。贾玉圭对着家丁一挥手说："把这个摘下来，给穷小子们戴上！"

家丁从狗头上摘下孝帽，哆哆嗦嗦地向人群走去。梁宝成轻轻一挑手里的鼓槌，孝帽落地。

贾玉圭见状，大叫："你想造反！"走下台阶，手一挥，只见四个家丁持枪逼近人群。

魏基珂凑近对梁宝成说："宝成兄弟，风头挺硬，转舵回船吧！"

梁宝成思索了一会儿，大喊一声："永生！点鞭。"

梁永生坐在戴着白孝球的石狮子上，高举着竿头，上面挑起了三尺长一挂大红火鞭。火鞭炸响，纸屑纷飞。街巷里欢声笑语。

贾府中，贾宝轩在前院平台上急得团团转。家丁慌慌张张地跑来，说："不好了，老太爷，少东家和他们对上啦！"

贾宝轩面如土色，对家丁说："传话给少爷，叫他回来！"

炮楼里，贾宝轩站在窗口看着贾府门前闹元宵的活动。贾玉圭跑上来说："爹，又是梁宝成带的头！"

贾宝轩拿起水烟袋说："当年，就不该留下这条祸根啊！"

没过多久，贾玉圭指使家丁把梁宝成打死了，并且将梁宝成的家烧成了废墟。

二

阴霾的天空，雪越下越大。

梁永生手拷着讨饭篮，一步一个脚印，向远方走去。小永生从此过上了流浪、乞讨的苦难生活。

后来，门大海收留了梁永生，让他在铁匠铺里帮忙打铁。梁永生跟着门大爷学手艺，在艰难的生活中逐渐成长。

龙潭街上，贾府人马招摇过市。正在打铁的梁永生发现了仇人，双眼中迸发出仇恨的火焰。晚上，梁永生等到门大海睡熟后，抽出挂在墙上的大刀，踩上布鞋，悄悄地朝门口走去。

贾府院中，梁永生顺着墙角，穿过走廊，来到贾宝轩住的房子门口。正当梁永生推门进去时,传来一声询问:"谁呀?"

梁永生赶忙躲在墙角暗处。他见马铁德朝他这儿走来,亮出大刀,准备防御。马铁德看到大刀,惊叫:"有贼!有贼!"急忙转身向客厅跑去。

暴露了行迹,梁永生惊慌地向外逃跑。一个给贾宝轩送夜宵的小丫鬟,被提着刀的梁永生吓了一跳,扔掉灯笼和点心盘,急忙向来的地方跑走。梁永生看着地上燃烧的灯笼,露出报仇的神情。他拿起灯笼点燃隔扇,便迅速向后院跑去。

在后院放完火,梁永生准备离开。正在这时,他碰见了沈万泉。他在沈万泉的帮助下,顺着杂木条子,爬出贾府大院。梁永生穿过高粱地向家里跑去。

贾府宅院里面大火熊熊。院内,有的提着水桶,有的扛着木梯,有的拿着铜盆,人们乱成一团。

家门口,梁永生轻轻推开柴门,走进院子,发现屋里亮着灯。门大海的女儿翠华听到院子里有声音,推开门看见是梁永生,责备地问:"你上哪儿去了?"

梁永生走进屋子,低着头一声不吭地站着。

门大海生气地问:"你到底上哪儿去了?"

梁永生见门大海发火,感到很委屈,哭了起来。门大海走上前蹲下抚摸着梁永生,关切地问:"你上龙潭了?"

梁永生哭着点点头说:"我要报仇!但是我没能宰了贾宝轩那条老狗!"

门大海扶起梁永生,赞许地说:"有骨气!好孩子。俗话说,糠能吃,菜能吃,气不能吃。只要记住这血海深仇,总有一天能报的!"梁永生将门大海的话铭记于心。

院子里,月光如洗。一滴滴鲜血从一只公鸡通红的鸡冠子上流下来,滴到一只黑碗里。碗里是半碗白酒。门大海把公鸡扔在一边,将碗递给梁永生。梁永生双手接过鸡血酒，一饮而尽。

门大海拿着大刀，对梁永生说："孩子，天底下没有咱穷人说话的地方，也没有帮咱说话的人。"门大海舞了一下手中的大刀，接着说："只有手中的大刀，能把咱穷人那一肚子苦水倒出来，能把那人情事理正过来！"

门大海和永生、翠华在院子里找地方坐了下来。门大海说："这把刀是太平天国的一位英雄留下来的，一个长工得到了它。以后长工传给短工，短工传给佃户，最后传到山西省，落到了我们铁匠闫家。"

"闫家？"永生和翠华疑惑地问。

门大海把刀拿过来给永生和翠华看，刀上一个火印子烫的"闫"字，接着说："我本来不姓门，姓闫。"门大海站起来，朝柴门外望了一眼，严肃地说："俺老家太行山下有个地主老财，跟这运河边上的贾宝轩是一样的狼心狗肺！他逼死了俺的爹娘。俺哥俩就用这把刀，把他给劈了！老家待不下去了，哥俩把个闫字分开，一个姓了门，一个姓了王，隐姓埋名，各奔东西。我逃到了这冀鲁平原的运河边上，他逃过黄河，远走高飞了。"

这时，门大海双手托起大刀，深情地对永生说："孩子，你懂事了，这把大刀就传给你了。你要用它为咱穷人报仇啊！"

梁永生双膝跪下，满含热泪，叫了一声："师父！"

柴门前站着门大海、永生和翠华。门大海四处打量一下，轻声说："孩子，这儿待不下去了。龙到有水，虎到有山！咱们走！"

三人沿着运河长堤，推着古老的木轮车艰难地行进着。翠华回头望望隐在暗夜里的平顶土房，心中酸楚，不知何时才能回归故土。

从此，门大海和永生、翠华三人过上了背井离乡的流亡生活。

斗转星移，岁月如梭，许多年过去了。运河大堤上，黑眼口石碑前，停着当年那辆二把手车子，只是更加残破了，车上放着打铁的家什。

"咱们又回来了!"

说话的是梁永生。现在的他已经长成了跟他爹一样高大结实的汉子。永生的大儿子志勇在前面拉车,翠华搀着小儿子志强和门大海在车后走着。

志勇停下来问道:"爹,这就是宁安寨?"

"对,这就是咱们的老家。"

小志强爬到小车上,一边拍手一边欢呼:"俺到家了,俺到家了!"

贾府客厅里,贾玉圭、贾宝轩和国民党军官、土豪劣绅围在圆桌旁喝酒,议论利用修建堤坝搜刮穷人的血汗钱。与此同时,梁永生和寨子里的穷苦百姓联合起来建立拳房,使得大家团结在一起。

破败的河神庙前,一杆杏黄旗随风飘动,上面印着五个大字——"宁安寨拳房"。人们都在空地上一起练拳,龙腾虎跃、生机勃勃的样子。

不远处有一片瓜地,门大海抱着一个西瓜从小路向拳房跑来。瓜地里的西瓜刚长熟,门大海请大家吃西瓜。

与此同时,马铁德也来到河神庙。正在破庙练武的人纷纷走了出来。马铁德说:"今年第三期治河捐就要开始征收了,每户大洋一块,知道吧?我过来打声招呼,交不交你们自己看着办吧!"说完就从小路回去了。

庙门口的魏基珂说:"年年收,月月逼,今年刚过六月六,这治河捐就收了三回了!"

锁柱从破墙跳进来,说:"到年底不知还要收几回呢!"

"年年收治河捐,可年年闹水灾,就是不管咱老百姓的死活。"大虎也跳进来说。

梁永生和高树青从庙门口走进来。高树青边走边说:"收了咱们的钱,可这几年运河堤上他添了几锹土?"

"这钱，还不是进了姓贾的腰包啦！"梁永生皱着眉说。

门大海气不过，说："要是真修堤，他要钱，咱拿钱；他要人，咱出人。要是他姓贾的打着治河的幌子，把钱塞进自己的腰包，那咱拳房就得跟他干。"

三

没过多久，暴雨连连，运河水破堤而出。洪水滚滚而来，冲翻了瓜棚，冲毁了田地，淹没了村庄，冲塌了房屋。

土台上，死里逃生的近百名乡亲依偎在一起。生病的人们横七竖八地躺在地上。远处行驶过来一艘官船。人们望着越来越近的官船，神色各异：有的惊疑，有的期望，有的兴奋。几个孩子挥动着瘦弱的手臂，渴望着救助。

船甲板上，坐着一个国民党军官，抽着烟。船上不仅有国民党的人在招兵，还有人口贩子在船上招收童工。

志勇来到梁永生前面，跪下来说："爹！让我去吧。"

梁永生看着消瘦的儿子，把他搂在怀里，轻轻地摸着志勇的头。翠华赶忙走过来说："他爹，孩子还小啊！"

"横竖都是个死，就让志勇出去找条活路吧！"梁永生愁容满面地说。

门大海立马把孩子拉到怀里，着急地说："永生，你糊涂啊！这是梁家的根啊！"

梁永生无奈地说："爹，眼下灾情这么重，我是想能出去一个是一个。"门大海听了，无可奈何地叹了一口气。

船头，梁永生哽咽地对志勇说："孩子，爹对不起你啊！"

翠华跑到志勇面前，把一件旧棉衣给志勇，说："志勇，冷热当心啊！"她含着泪，从发髻上拔下针，给志勇缝衣服上开线的地方，并嘱咐说："以后衣服破了，得自己补。"

"哎。"志勇流着泪应了一声。

"孩子,出去闯荡一阵,长成一条硬汉子再回来!"梁永生抓住志勇的肩膀说,"来,给爷爷磕个头!"

志勇双膝跪地,喊道:"爷爷。"

门大海老泪纵横地抱住志勇。周围的乡亲们看着这骨肉分离的惨景,都异常悲痛。

志勇胳膊夹着棉衣,含泪说:"爹娘,爷爷,我走了!"说完,向招工船走去。

土台上的志强哭喊着:"哥哥,哥哥,哥哥……"乡亲们听着这哭声心如刀绞一般。

不一会儿,贾家的船来这里买地。穷教书先生房智明的四分祖坟地只换得了不到二升的高粱。

房智明用斗笠端着二升高粱,满肚冤屈地说:"梁大哥,这就是我那四分祖坟地啊。"

"这哪是买地,这是明火执仗地抢呀。"站在梁永生身后的高树青气愤地说。

乡亲们纷纷表示不满。愤怒的乡亲们奋起反抗,有的家丁被乡亲推落水中。乡亲们待在船头要求分粮食,有人叫着让马铁德出来。梁永生对大家说:"乡亲们,跟马铁德说没有用,咱们找贾玉圭算账去。"群众呼喊着表示支持。梁永生握着拳头用力一挥,说:"走,上龙潭!"

龙潭街城门处,吼声震天,人流像潮水般涌来。"宁安寨拳房"杏黄旗迎风飘扬着,群众手持大刀、红缨枪、农具等冲向贾府门口。

梁永生手持大刀,带领群众撞开贾府大门。乡亲们蜂拥而入,向内院冲去。站在客厅门口的贾玉圭回身一看,倒吸一口凉气,赔笑道:"老梁,这是怎么啦?咱们都是乡里乡亲的嘛,有话好说嘛。"

"贾玉圭,你克扣了多少治河捐?"

贾玉圭挥动着手中的鹅毛扇,说:"这是哪里话,这有账可查嘛!"

梁永生气愤地说:"乡亲们心里都清清楚楚,我们跟你贾家有算不完的账!"

群众的吼声响起来,要贾玉圭把粮食交出来。

这时,马铁德挤出人群,走到贾玉圭面前说:"少东家,我看,是不是让我去把粮仓的钥匙拿来?"马铁德使了个眼色,神神秘秘地说:"我叫贾六去办事了。"

"好,开仓,开仓!"明白了马铁德的意思,贾玉圭连忙答应道。

梁永生高喊一声:"站住!"手持大刀走近贾玉圭说,"你自己去。"身后的群众也跟着高喊:"你自己去!"

贾玉圭唯唯诺诺地答应:"好,我去,我去。"

内厅里,贾玉圭不顾贾宝轩的反对,亲自从其身上摘下钥匙。贾玉圭把钥匙交给马铁德。随后,马铁德示意乡亲们一起去开粮仓。

梁永生对着已经跟过去的高树青说:"树青,那边你照顾一下。"

远处的高树青喊道:"哎,知道了。"

与此同时,阙七荣骑马率领县保安队,从龙潭街茶馆后小胡同里出来,来到贾府。保安队四面围剿冲进贾府。贾玉圭趁机逃向后院。

贾府门前,阙七荣骑在马上,指挥着保安队向群众开枪射击。

拳房的乡亲们和阙七荣带来的匪兵打了起来,梁永生他们因为敌不过匪兵手中的枪支,只能跳出院墙逃走了。

贾府门前的街道上,一派凄凉情景。马铁德和匪兵们押解着二十多个被捕的群众。贾玉圭和阙七荣耀武扬威地站在贾府的台阶上。

贾玉圭走下台阶,从家丁手里拿过皮鞭对着魏二楞就是几鞭子,嘴里喊道:"我叫你逃,我揍死你。"

马铁德走到贾玉圭跟前,恶狠狠地说:"梁永生跑了,我把他小儿子抓来了。"

贾玉圭走向人群，一把推开魏基珂，猛力抓住小志强。贾玉圭声嘶力竭地喊道："梁永生，我叫你断子绝孙！烧死他。"贾玉圭不顾小志强的哭喊，强行将小志强往火堆扔去。小小的生命结束在烈火浓烟之中。

运河大堤上，梁永生无比悲愤。翠华哭着说："难道就没有我们穷人的一条活路吗？"梁永生无言以对，强忍着泪水，背着大刀与大家告别，沿着河堤越走越远。

四

离开家乡的梁永生参加了八路军。

山区日寇封锁线上，子弹从日寇的碉堡里疯狂地射出。梁永生手里拿着枪，腋下夹着炸药包，猫着腰向碉堡跑去。他在战友机枪的掩护下机敏地来到日寇的堡垒旁边，点燃导火索后，立马向旁边滚去。

"轰"的一声巨响，日寇的碉堡冒起了浓烟。指导员王大江赶忙指挥部队突破封锁线。

八路军部队进入敌后冀鲁平原，部队沿着运河向前走着。这时，王大江和已经换上便衣的梁永生站在河堤上交谈着。王大江拍拍梁永生背上的大刀，说："你带着这把大刀，到革命的熔炉里，加了钢，淬了火，在新形势下，一定会发挥出更大的作用！"

宁安寨到处都是残壁断垣。梁永生慢慢地走着，走到高树青屋子窗前轻声地喊："树青，树青。"

屋里没有一丝动静，魏基珂从家里走出来张望着问："谁在叫树青？"

梁永生转过身来问："是魏大爷吗？"

"你是谁啊？"

"大爷，我是永生啊！"

"永生？这苦命的孩子，我以为这辈子再也见不到你啦。快进屋！"魏基珂拉着梁永生向屋里走去。

屋里，桌上端端正正地放着四双筷子和一只空碗。梁永生坐在矮桌边，问道："魏大爷，树青出什么事啦？"

魏基珂擦了擦眼泪，说："今年夏天，日本鬼子打到了咱们运河边上。树青和锁柱杀了一个日本鬼子并且把枪给抢走了。树青被贾玉圭抓进了贾府，就没有再出来。"

梁永生听着，眼里满含着泪水。

魏大娘收起了碗筷，说："永生啊，还不回家看看你媳妇。"

梁永生赶到家中，发现没有人，猜想肯定是在拳房，便转身向拳房走去。

拳房里，门大海脸颊消瘦，一副大病初愈的样子。他满腔怒火地对大家说："乡亲们，贾玉圭又要来收捐了，他不让咱们活，咱们就跟他拼！"说到这儿，门大海捂住胸口，咳嗽起来。

玉兰赶忙端着药过来关切地说："门爷爷，快把药喝了吧，喝了心口就不疼了！"

门大海接过药碗，看了看药，说："好闺女，不用了！"顺手把碗里的汤药泼在地上，脱掉棉袄，摘掉帽子，举起手中的大刀，怒吼道："今天，咱叫他刀刀见血，枪枪见红。这块门板就是我的棺材。锁柱、大虎，把它抬着，跟我走！"

乡亲们在门大海的带领下，向门口冲去。刚好，梁永生走到门口，喊道："爹，你们这是干什么去？"

"永生！"门大海喜出望外。后面的乡亲们也都呼喊着"梁大叔""梁大哥"……

门大海对梁永生说："孩子，你来得正是时候。走，咱们这就去跟他见个高下！今天不是鱼死就是网破，扳不倒贾玉圭，我就把这一罐子热血倒给他，跟你亲爹梁宝成一道去了！你记得明年今天就是我门大海的周年。"

梁永生拿过门大海手中的大刀看了看，说："爹，不能再这样干了！"说完，就向里面走去。

门大海吃惊地望着梁永生说："啊？什么？难道说咱家的血海深仇你全都忘了？"拳房所有的人都吃惊地看着梁永生。

梁永生捡起门大海扔在地上的棉袄，给门大海披上，耐心地给拳房的人讲起道理。

与此同时，贾玉圭坐轿来到村子里面收抗日捐。魏大娘气愤地将筛子扔向贾玉圭。筛子里的草根泥水溅得贾玉圭满脸都是，气得贾玉圭叫着："死老婆子，疯了，把她给我绑起来！"

小勇冲出人群，如同一头暴怒的牛犊朝贾玉圭撞去。贾玉圭捂着肚子连连向后退去。受到如此待遇，贾玉圭如同疯狗一般狂叫道："打，给我往死里打！"

贾六举起鞭子劈头盖脸对着小勇就打。周围的乡亲们掉着眼泪。

"住手！"突然传来梁永生的喊声。

梁永生穿过人群，走上前去。拳房的小伙子们，手持大刀、红缨枪，站在他的身旁。

"贾先生，你抗日捐交了多少？你是临河区最大的富户，你不交，这破坏抗日，应以汉奸论处的该是你贾先生！"梁永生两句话就把贾玉圭等人震住了。

这时，贾玉圭才发现眼前这个人是梁永生，冷笑一声："姓梁的，你还敢回来？"

"我正要找你！"梁永生沉着地说，"抗日救国，人人有责，有力出力，有钱出钱！我代表抗日民主政府通知你……"

"你，你是什么人？"贾玉圭问道。

梁永生字字千钧地回答："八——路——军！"

乡亲们一听，又惊又喜，兴奋得交头接耳地议论起来。

梁永生掏出八路军写的任命状给贾玉圭。贾玉圭读完信,连忙赔笑地说:"梁区长,请坐,请坐!"

梁永生严肃地说:"贾玉圭你听着,根据《中国共产党抗日救国十大纲领》,我现在代表临河区抗日民主政府通知你:第一,按你家的田亩、收入,应当负担的救国公粮必须全部交出,不得例外。第二,夏收季节,必须实行'二五'减租……"

贾玉圭有气无力地说:"我照办,照办。"

随后,乡亲们都来到梁永生的家里,大家都把家里藏着的白面拿过来,准备庆祝一番,如同过年一般热闹。门大海抽着烟走到屋子中间,说:"永生,在咱们宁安寨多少年来都没有听到这样的笑声了。今天大家都很高兴,我也很痛快。可是,我这心里还有个疙瘩没解开。为什么你一个人,不动刀,不动枪,几句话就把贾玉圭吓得夹着尾巴滚了。这是为啥?"

梁永生看着大家说:"贾玉圭怕的不是我,他怕的是共产党领导的八路军,他怕的是人民群众组织起来跟他斗。"

翠华把面放在桌子上,急切地问:"他爹,咱穷人的活路找到啦?"

梁永生兴奋地从口袋里拿出一份油印的文件给大家看,并说:"找到了。这就是毛主席给咱们穷人指出的路。"文件封面上印着火红的大字——"中国共产党抗日救国十大纲领"。

在梁永生的宣传下,大街小巷都在学习"抗日救国十大纲领",并且组织了"农抗会""青抗会"等等。

贾府中,贾玉圭和阙七荣在客厅边聊边喝。最后,二人达成协定,用贾府的粮食换取日军的武器。

第二天,贾玉圭和阙七荣一起来到日寇石黑的司令部里。贾玉圭还给石黑带去了厚礼。最终,贾玉圭用粮食在日寇那里换到了枪支弹药。贾玉圭写信给贾六,让他一切按原计划进行,叫梁永生明日下午来贾府取粮。

晚上,梁永生在家里拿着"抗日救国十大纲领"正在讲话。门大海满面春光地带着两个人走进院子,对着翠华问道:"永生在吗?"

翠华点点头说:"在。爹,他们在开会,你别进去了!"

"县城有人找他有急事。"门大海说着就向屋里走去。

门大海带着两个从县城来的人就往里间走,高声说:"永生啊,你看谁来了?"

梁永生惊讶地看着门口,迅速从炕头下来,迎上去热情地同来的人握手,说:"教导员,你怎么来了?"原来,来人是梁永生在八路军时的教导员王大江。

"我被派到县委工作了,今天有要紧事来找你!"王大江刚说完,跟在他身后的交通员赶忙喊道:"他是我们新来的王书记。"

梁永生赶忙招呼王大江坐下。

王大江坐在炕上,说:"县城里的鬼子搞了很多民船,据说要到临河区一带来运粮,你们千万提高警惕,做好准备,粮食一粒也不能落到鬼子手里。"

梁永生放下烟袋,说:"同志们,王书记讲的很重要,你们看,前天阙七荣到龙潭来找贾玉圭,贾玉圭昨天放出风来说要去给老丈人拜寿,实际上他却进了县城!"

"贾玉圭临走前跟马铁德嘀咕了一夜,天刚亮就上车走了,到现在还没回来呢。"沈万泉说。

梁永生挑了挑小油灯,说:"我分析,贾玉圭准是跟鬼子石黑勾搭上了,牵线人就是汉奸阙七荣。"

王大江皱了皱眉头,说:"贾玉圭还在县城里呢。刚才我不是说鬼子要来临河区运粮吗?这会不会是贾玉圭跟鬼子串通一气搞的阴谋呢?"

沈万泉说:"他们是想来龙潭,把贾家的粮食运给鬼子。"

梁永生抽了一口烟，说："他这是对抗民主政府的法令，破坏合理负担和'二五'减租运动！根据'抗日救国十大纲领'第六条的规定，现在我们就要没收他的全部财产！沈大叔，你连夜赶回去，继续注意他们的动静。"

"好。"

这时，屋外传来了喧闹声。马铁德来给梁永生送信。梁永生从屋里出来，打开贾玉圭写的信，上面写道："敝人竭诚拥护抗日民主政府法令，理应负担救国公粮一万一千零六十斤，交付日期由马参谋长面洽。"

梁永生对着马铁德问道："你什么时候把粮食交给政府呢？"

"明天下午。那还要请梁区长光临贾府，亲自督办。"马铁德说完就离开了。

第二天清早，运河码头岗哨林立，警戒森严，一队全副武装的鬼子登上汽艇，阙七荣和贾玉圭也坐在上面。一声汽笛之后，汽艇沿着运河向前开动。

与此同时，梁永生带领着门大海、锁柱、翠华等近百名群众浩浩荡荡从龙潭城门涌出来，他们带着武器和各种运粮的工具，向贾府跑去。

贾府中，马铁德吩咐家丁："都听着，你们要看我的信号，等我用这钥匙打开粮仓大门时，你们就一起下手，不要让梁永生跑了！大家各就各位，快去埋伏！"

梁永生带领群众来到贾府门口，马铁德赶忙推开大门，走上前说："梁区长，请！"马铁德客客气气地请大家进来。锁柱和大虎在客厅内外警戒着，梁永生带着门大海和房智明走进客厅。

梁永生在客厅坐下，问马铁德："什么时候开仓？"

马铁德支支吾吾什么也没说，拿着香烟递给客厅里的人，但是无人理会他。梁永生抽着旱烟警惕地注视着情况的变化。就在这时，外面传来了汽笛声,马铁德的脸上不禁流露出得意的神色,走到方桌旁放下香烟,拿出钥匙说:"我们马上开仓,钥匙在我这儿,梁区长请到粮仓去吧。"

粮仓大门上挂着铁锁,马铁德手拿钥匙正走过去,突然传来清脆的枪声,马铁德不知所措地停住脚步。铁柱悄声对梁永生说:"是咱们县大队跟鬼子干上了!"

马铁德虽然看出情况有变,但在梁永生等人的注视下,也只能硬着头皮向粮仓走去。

埋伏在小屋里的贾六,从窗户朝外瞄准射击,"呼"的一声,梁永生赶忙一个闪身躲到墙角,并把发愣的房智明拉过来。接着又是一枪,正好打在算盘上,算珠散落一地。

梁永生用匣子枪对着小屋窗户就是一枪,贾六直接中弹倒地。随后,梁永生抓住马铁德,用枪指着他。马铁德被吓得魂不附体,喊道:"不要打枪,不要打枪!我给你们开仓。"

运河边上,王大江带着县大队打了日寇一个伏击。日寇丢下几具尸体,赶忙逃回县城码头。

龙潭街上车水马龙,运粮的人川流不息。乡亲们欢快地扛粮装车。城门方向,一匹骏马疾驰而来,停在贾府门前,交通员翻身下马,把信递给梁永生说:"梁区长,县委王书记给你的急信。"

梁永生拆开信封,高兴地对门大海说:"县委已经批准我们临河区成立大刀队了。"

昔日的阴霾渐渐散去,宁安寨的百姓迎来了充满希望的新生活。

影评选粹

精妙的影像处理

影片在影像处理上,前半部分处于自发状态下的个人复仇,于是在色调上趋于暗淡，音乐也在极力地渲染着凄惨和抗争的氛围；后半部分表现梁永生参加革命后回忆苦难的家史，以及自我抗争的历程，导演以之为契机，光线一下子从暗淡转为明亮，并且这样的亮色一直贯穿到影片的结尾，音乐也显得激奋而有力，给人精神上以极大的感召。影像处理较好地完成了对其所要宣示的史诗性的凸现这一中心点。

《大刀记》的主人公梁永生告别翠华，打算出去寻找"穷人的活路"。这一场景，导演使用了一个拉镜头之后，又使用了推镜头，突出了梁永生眼里满含着夺眶而出的泪水，逐渐地把大刀这一意象进一步地凸现出来，昭示出他的心路历程："从前，我一直拿着这把大刀，东拼西杀，到头来，还是落了个家破人亡，妻离子散。在我逃离家乡的那一天晚上，乡亲们都盼着我能给穷人找到一条活路，可是，活路在哪里呢？"在台词说完之后，紧接着是一个蒙太奇转换，镜头对准挂在墙上的毛泽东那神采奕奕的照片，然后再一个拉镜头回到了现场。它更好地向我们清晰地标示出了"农民复仇动因"和"中国共产党的领导"之间的同构与契合。

影片中多次出现了大刀的特写。刀，虽历经沧桑依然发出闪闪逼人的光亮。大刀与人物是休戚与共的关系，大刀的遭遇也是人物的遭遇。大刀是太平天国的一位英雄留下来的，长工传给短工，短工传给佃户，直到传到了被逼得四处躲藏生活的门大海家。可以说，这把大刀，不仅仅是前辈留下的一把武器，还是前辈留下的一种不屈不挠、勇于反抗、永不屈服的斗争精神。这种精神已经深入到中华民族的精神骨髓中了。

精彩回放

暴雨接连下了好几天，运河水破堤而出。老百姓的家都被洪水冲垮了。死里逃生的近百名乡亲依偎在一个土台上。生病的人们横七竖八地躺在地上。土台旁有一艘官船。甲板上，有国民党的人在招兵，还有人口贩子在船上招收童工。梁永生看到这么重的灾情，决定让大儿子志勇出外谋生。

当志勇和大家分别时，翠华把一件旧棉衣给志勇，说："志勇，冷热当心啊！"她含着泪，从发髻上拔下针，给志勇缝衣服上开线的地方，并嘱咐说："以后衣服破了，得自己补。"

门大海老泪纵横地抱住志勇。周围的乡亲们看着这骨肉分离的惨景，都异常悲痛。

志勇胳膊夹着棉衣，含泪说："爹娘，爷爷，我走了！"说完，向招工船走去。

土台上的志强哭喊着："哥哥，哥哥，哥哥……"乡亲们听着这哭声心如刀绞一般。

这段情节深刻地展现了农民和地主、军阀之间的矛盾，突出了这一时期人民生活的凄苦，为后来梁永生出去找共产党做了铺垫。